CB047653

Livros e computador

Apoio cultural a publicação

Laís Piovesan
Magda M. Gardelli Colcioni
Maria Thereza de Queiroz Guimarães Strôngoli

LIVROS E COMPUTADOR

Palavras, ensino e linguagens

ILUMI//URAS

Copyright © *2001:*
Maria Thereza de Queiroz Guimarães Strôngoli, Laís Piovesan e
Magda M. Gardelli Colcioni

Copyright © *desta edição:*
Editora Iluminuras Ltda.

Capa:
Fê

Revisão:
Entretexto Assessoria Editorial

Filmes de capa:
Fast Film - Editora e Fotolitos

Composição e filmes de miolo:
Iluminuras

ISBN: 85-7321-150-4

Nosso site conta com o apoio cultural da via net.works

2001
EDITORA ILUMINURAS LTDA.
Rua: Oscar Freire, 1233 - 01426-001 - São Paulo - SP - Brasil
Tel: (0xx11)3068-9433/Fax: (0xx11)3082-5317
E-mail: iluminur@iluminuras.com.br
Site:www.iluminuras.com.br

SUMÁRIO

PREFÁCIO 9

INTRODUÇÃO
CRIAÇÃO E CRIATIVIDADE 11

PRIMEIRA PARTE
CONTEXTOS 15
Educação 17
Comunicação 25
Imaginário 37

SEGUNDA PARTE
LEITURAS 51
Leitura: contextualização histórica 53
Atos para o prazer de ler: leis e projetos 61
Cenas de Sala de Leitura 73

TERCEIRA PARTE
COMUNICAÇÃO COMPUTACIONAL 93
Impactos do computador e núcleos de seu ensino 95
Análise de software educativo *Creative Writer* 99

PREFÁCIO

Esta obra nasceu de pesquisas e discussões no campo da linguagem e de processos de comunicação, desenvolvidas no Núcleo de Pesquisa — Língua, Imaginário e Narratividade. Fundado em 1995, o Núcleo integra-se no Programa de Estudos Pós-Graduados em Língua Portuguesa e no Departamento de Português da Pontifícia Universidade Católica de São Paulo. Atualmente congrega pesquisadores de várias instituições e desenvolve projetos, cuja temática focaliza teorias e práticas que buscam explicitar as modalidades de interação do indivíduo com a cultura. A matéria deste livro compreede o resultado de um projeto que estudou processos de comunicação no contexto educacional. Dele resultaram duas dissertações de mestrado. A de Laís S. Piovesan, defendida na Escola de Comunicações e Artes da USP e intitulada Sala de leitura — Atos, atores e ação, *tratou do histórico da implantação e do funcionamento de salas de leitura em escolas públicas municipais de São Paulo e da criação de projeto de parceria com empresa privada para o fornecimento de acervo para essas salas. A segunda, defendida por Magda M.G. Colcioni, na PUC-SP, cujo título é* A sedução do computador e a ilusão da inteligência artificial — Análise do discurso de um software educacional, *focalizou um programa de soft educativo para examinar as possibilidades de interação de professores e alunos com a informática em situação escolar.*

Certamente todo trabalho de pesquisa é devedor de contribuições de outros estudiosos, colegas, amigos e instituições. A todos os que compartilharam deste trabalho nosso reconhecimento, sobretudo, à Fundação Itaú Cultural pelo interesse demonstrado em sua publicação.

Maria Thereza de Queiroz Guimarães Strôngoli

Coordenadora do Nuplin

Introdução

CRIAÇÃO E CRIATIVIDADE

Vive-se atualmente um novo paradigma cultural, no qual as imagens, a comunicação e a informática ocupam um papel preponderante na formação da sociedade e, sobretudo, na educação. Esse paradigma, no entanto, não surge do nada, não é totalmente novo, suas raízes mostram que sua origem remonta ao início dos tempos, quando o homem, passando a viver em grupo cria naturalmente a cultura. Esta passa a constituir a própria natureza humana e torna-se, cada vez mais, tanto organizada quanto organizadora, por meio de seu melhor veículo cognitivo: a linguagem.

Do uso desse veículo resulta uma multiplicidade de criadores, cuja criatividade objetiva organizar e multiplicar os conhecimentos adquiridos, relatar as experiências vividas e dinamizar a memória histórica, as crenças ou os mitos que constituem o saber e o poder da sociedade. Tais criações impulsionam o querer-saber e o dever-fazer no imaginário coletivo.

Edgar Morin (1991) afirma que cultura e sociedade estão em estreita relação na geração de conhecimentos, pois os homens criam a cultura que gera o conhecimento e este "re-genera" a cultura, promovendo a criação de ciclos culturais. Por meio desses múltiplos modos de conhecer o mundo e com ele interagir, o homem tem criado deuses e ídolos e, refletindo-se neles, descoberto o prazer — ao mesmo tempo humano e divino — dos desafios e das invenções.

Assim, na Grécia antiga, os deuses revitalizam a cultura, ao mostrarem faces semelhantes às dos humanos, pois, personificando-se ora irados ou invejosos, ora amorosos ou apaixonados, acentuam e dinamizam a variabilidade da condição humana de ser, pensar e criar.

Do mesmo modo, na cultura hebraico-cristã, as experiências vividas ou os conhecimentos presentificados nos textos da Bíblia têm norteado há séculos o querer e o dever na cultura ocidental. O imaginário, ao narrar como Deus criou o universo, gera no homem o conhecimento de um Deus que, à imagem e semelhança dele próprio, homem, procede à criação do mundo por meio da linguagem. É esse discurso fundador que anima os modos de conhecimento que, por sua vez, geram a cultura ocidental.

Por essa razão, o discurso bíblico explicita simbolicamente a necessidade de os homens realizarem-se como seres inteligentes e imaginosos, promovendo a transformação dos signos da língua em atos de fala. São esses atos que criam, no homem, não somente um fazer competente para modificar o mundo, como lhe propiciam a clarividência da visão crítica e criativa que gera o desejo de pôr ordem no caos por meio do princípio da polarização e do processo de nomeação. Assim, reza o homem na Bíblia:

> "No princípio Deus criou o céu e a terra. Disse Deus: Faça-se a luz; e fez-se a luz. E Deus viu que a luz era boa; e dividiu a luz das trevas. E chamou à luz de dia, e às trevas de noite" (Livro do Gênese, 1, 1-5).

É nessa paisagem, diante da qual observa, reflete, cria, simboliza, organiza e nomeia, que o homem se tem colocado para buscar os horizontes que lhe possibilitam, pelo seu fazer regenerador, conhecer o universo.

Ora, se a Bíblia conta o início da criação, mas não desvela

o mistério da perfeição e da imortalidade, se os deuses gregos jamais contam em suas narrativas o episódio final, ou seja, o mistério da vida e da morte, os ciclos culturais, a que se refere E. Morin, definem-se, pelo menos na cultura hebraico-cristã, como o processo constante e irreversível de busca de tal perfeição.

Em face disso, compreende-se a necessidade de o homem criar uma pluralidade de deuses que, ao interagirem entre si ou com os humanos, estabelecem hierarquias e particularizam, também à semelhança dos homens — e para esses homens — a diversidade de modos de ser e de fazer. No campo do modo de ser, o homem tem criado teorias que estudam a questão do sujeito, ou seja, da *persona*, por meio da filosofia, das religiões, da psicologia ou psicanálise e, ultimamente, da lingüística. No campo do fazer, tem produzido arte (simulacros) ou ciência (técnicas, instrumentos e máquinas), culminando hoje com a conjugação desses dois fazeres por intermédio da inteligência artificial e da cibercultura.

Não se deve esquecer, entretanto, como insiste E. Morin, que, se a cibercultura atualiza um outro ciclo, este não faz do homem um novo ser, superior a qualquer outro, apenas um "re-generado" pelo conhecimento.

O objetivo geral deste livro é abordar algumas questões do modo como o fazer das *maquinações* da cultura, gerada pela impressora de Guttenberg e, hoje, pelo computador, interage com crianças e jovens e lhes aponta como podem compreender e viver o paradigma atual. Para alcançar tal objetivo, focalizam-se conceitos, contextos, práticas e linguagens.

A obra divide-se em três partes. A primeira traz reflexões sobre os sentidos que a história da língua e a cultura têm dado às noções de educação, comunicação e imaginário. A segunda trata do ato de ler e das atividades que esse ato motiva em escolas, descrevendo a implantação e a dinâmica de salas de leitura no currículo escolar e a criação de um projeto de parceria com empresa privada para colaborar na instalação dessas salas. A terceira analisa um *software* educativo e focaliza particularidades de sua linguagem. Convida-se o leitor para seguir o percurso dessas pesquisas e motivar-se a complementá-las, utilizando suas próprias experiências para preencher lacunas, ampliar conceitos e criar hipóteses ou proposições que dêem seqüência a estes trabalhos.

Maria Thereza de Queiroz Guimarães Strôngoli

PRIMEIRA PARTE

CONTEXTOS

Dicionário,
tu não és tumba, sepulcro,
féretro, túmulo, mausoléu,
mas preservação, fogo escondido,
plantação de rubiáceas,
perpetuidade viva da essência,
celeiro do idioma.
(Pablo Neruda, Oda al diccionario)

Para todas as coisas: dicionário.
Para que fiquem prontas: paciência.
(Nando Reis, Diariamente *[canção])*

O homem pensa, comunica e atua no grupo social por meio principalmente da criação e da articulação de palavras e imagens. Estas o acompanham desde tempos imemoriais e lhe possibilitam, a partir do exame da contextualização de seus sentidos, conhecer sua história, conforme esclarece Maria Tereza Cabré (1993), ao destacar o valor da lexicografia e terminologia como ciência. É o que se acredita deva ocorrer com os conceitos de *educação, comunicação* e *imaginário,* das quais focalizam-se os verbos, termo indicador de sua ação.

A etimologia desses termos remonta ao latim, motivando a pesquisa a partir de dicionários, particularmente *O Novo*

Dicionário Latino-Portuguez[1], de Francisco Antonio de Souza[2], cuja quarta edição data de 1926, e a confrontar o exame de seus termos com o contexto semântico que lhes dão as últimas edições de dois dos mais conhecidos dicionários publicados no Brasil, *Michaelis* e *Novo Aurélio — século XXI*.

---

1) Conservou-se, no título, a ortografia da obra original.
2) Seguindo as indicações de Umberto Eco (1977:*48), os nomes dos autores são citados pela primeira vez completos, depois, somente com as iniciais de seus prenomes. Para facilitar a compreensão da história das idéias apresentadas, o autor é acompanhado da data em que cria sua obra. Havendo citação retirada de outra edição, o número da página é precedido de um asterisco e a data da edição consultada, colocada no final da referência bibliográfica desse autor.

EDUCAÇÃO

Educo, as, avi, atum, are[3]
Cícero - *amamentar, criar, sustentar*
Plauto - *instruir, ensinar*
Ovídio - *gerar*

Que noções os significados do termo latino trazem para o sentido de educação no mundo atual, tecnológico e globalizado? Os aspectos de outrora falam de uma atividade que ainda conhecemos como educação? O primeiro sentido empregado por Cícero (106-43 a.c.) estabelece algumas especificidades, pois articula sua ação ao alimento dado à primeira infância e apresenta uma polaridade: o agente da educação somente se atualiza, encontra-se um paciente. Só há educador, se há interferência de um indivíduo sobre o outro. Nota-se, ainda, outra polaridade: o educador domina um conhecimento que o outro não tem.

Na primeira explicação semântica dada pelo dicionário, *amamentar,* o adulto faz a doação de um elemento concreto, essencial para o crescimento e o fortalecimento da criança. Tal matéria essencial vem do próprio corpo da mulher. A primeira educação é obra feminina. Se ampliarmos o sentido simbólico de tal doação para o de ação do corpo social (o leite é o primeiro alimento do homem), entende-se que

---

3) Devido aos programas de edição modernos terem dificuldade em reproduzir os sinais originais das vogais latinas, estas são apresentadas sem acentos, a exemplo dos dicionários *Michaelis* e *Aurélio — século XXI.*

amamentar é a transmissão da substância ou da síntese dos princípios morais e espirituais do homem, transmissão feita de uma geração a outra. O senso comum, por essa razão, reconhece que a "educação vem do berço".

Observando-se, ainda, que na ação de amamentar está implicado o gesto de recolhimento no regaço, de proteção acolhedora, de criação de intimidade pelo calor do contato físico, compreende-se que educar pede afetividade, interação física e prazer no ato de doar e de receber. Entretanto, se o educador dá parte de sua própria produção (leite), de sua afetividade (regaço), o educando para receber esses dons precisa trabalhar (sugar), adaptar seu organismo ao alimento e proceder à elaboração visceral desse leite em proteínas. Juntamente com esses procedimentos fisiológicos, o educando passa a elaborar processos cognitivos que lhe possibilitam articular o mundo exterior com seu corpo, por meio da percepção sensorial e a criar imagens e figuras que vão formar sua sensibilidade e constituir suas primeiras emoções.

Esses últimos processos correspondem ao segundo sentido que Cícero dá ao termo educação: *criar*. A educação é, então, um processo criativo não apenas porque o educador cria o que doa, mas sobretudo porque o educando re-cria o que recebe. Na amamentação, o educando mobiliza todos os seus reflexos para (re)criar cognitivamente sua identidade de ser sensível e racional. A educação na primeira infância é rigorosa: exige do educando a assimilação de vários e complexos saberes que dizem respeito ao mundo exterior e a si próprio.

O terceiro sentido do verbo *educare* usado por Cícero é *sustentar*. Se o sentido de *amamentar* aponta a educação focalizada na organização dos reflexos motores do ser biológico, e o de *criar,* nos seus movimentos cognitivos, a atividade de *sustentar* evidencia a educação voltada para a estruturação dos reflexos motores já ativados no *amamentar* e do saber cognitivo já registrado no *criar*. A noção de *sustentar* constitui a confirmação e a reiteração da atividade de assimilação do conhecimento pela organização estruturante de seus vários aspectos.

Cícero não foi educador nem pedagogo, mas grande orador e como tal tinha intuição não apenas do sistema da língua, como do primeiro aprendizado socializante do ser humano: falar. Nesse contexto, o sentido de *sustentar* não estaria apenas relacionado à doação de alimento (*amamentar*) ou de condições de sobrevivência (*criar*), mas de fundamentos ou modelos de interação social. O segundo autor referido no dicionário é Plauto (254-184 a.C.). Este autor, criador da *commedia dell'arte*, entendeu *educare* segundo a atividade que melhor exerceu, a teatral. Ao empregar esse verbo com o sentido de *instruir* e *ensinar*, enfatiza a atividade pragmática porque o gênero teatral que mais explorou, o burlesco, é eminentemente instrutivo.

O lexicógrafo não utilizou, na eleição dos autores que contextualizam o sentido desse termo, o critério da cronologia, pois Cícero é bem posterior a Plauto. Parece que sua escolha se norteou pelo fato de a interpretação desse dramaturgo conotar práxis educativa que focaliza a segunda infância, já que os sentidos empregados por Cícero referem-se à primeira. Tal conotação faz perceber que educar é um fazer-fazer, mostrar os passos, orientar os gestos e as direções de comportamento. É situar o jovem no palco da sociedade e integrá-lo no grupo social e, mais ainda, segundo o contexto da *commedia dell'arte*, educá-lo por meio do riso, brincadeira, ironia ou caçoada, pois *ridendo castigat mores* (rindo, castigam-se os costumes).

Do ponto de vista de Plauto, a atividade do educador afasta-se da afetividade do ato de doação e passa para o espaço da maturidade, no qual se usa forma de expressão crítica, imparcial e objetiva. Em lugar de proteção afetuosa, o educador dá exemplos, faz cobranças, apresenta problemas e pede soluções, castigando reações imaturas pela exposição ao ridículo. Educar é socializar por meio de princípios, hábitos, normas e confronto com outros atores que atuam no drama social.

Nesse cenário, as atividades se voltam para um fim: *ensinar*, termo que corresponde ao segundo sentido que Plauto dá ao verbo *educare*. A situação de ensino dá ao conceito de educação o sentido de submissão a uma autoridade ou pessoa de mais valor do ponto de vista do conhecimento; além disso, leva o educador a inclinar-se para o não-afetivo, pois a socialização desprivilegia o foco sobre a supremacia da individualidade. Instruir e ensinar, em Plauto, são práticas objetivas, reguladoras, primordiais no cenário socializador e socializante das instituições — família e escola — norteadas, agora, na segunda infância, pelo olhar ou voz que manifesta a lei ou, conforme a psicanálise lacaniana, o Pai, o masculino. Desse ponto de vista, o foco da atividade educativa desloca-se do par — mãe e filho — e ilumina mais o legislador — o pai. É este quem dirige o espetáculo da socialização.

O terceiro autor latino citado no dicionário é Ovídio (43 a.C.-17 d.C.), poeta educado por um pai jurisconsulto que o pressionou para se dedicar ao estudo do Direito. O sentido que dá ao verbo *educare* é *gerar*. Sabe-se que na sociedade ocidental a grande herança deixada pelos romanos é o que ainda hoje se chama *direito romano*. Esse contexto, criado pela força da influência paterna e pela razão do direito, dá ao olhar de Ovídio sobre a educação a conotação significativa de *gerar*.

Na atualidade a educação é vista como a grande geradora de progresso, de justiça social, de interação produtiva dos indivíduos entre si e consigo. Ovídio se imortalizou por duas obras: *Metamorfoses* e *Arte de amar*. No contexto temático da primeira, as metamorfoses atingem o rei, sua filha, jovens e outros. Muitos deles, como o rei e sua filha, transformam-se em animais, outros em vegetais ou, ainda, em objetos. A metamorfose, para Ovídio, é sempre lenta e esse traço, articulado ao sentido de *gerar*, dá à educação a noção de mudanças demoradas não mais relacionadas à primeira infância, mas à vida adulta, pois as transformações são profundas, atingem o corpo, a postura, o comportamento e a situação na sociedade. O exame da geração de mudanças, ou metamorfoses, indica que o indivíduo assume papéis sociais ou biopsicológicos que podem revelar, como na história ovidiana, irracionalidade ou coisificação. Nesse caso, tais mudanças apontam não propriamente processos, mas efeitos de educação, resultantes de níveis de humanidade diferenciados.

O valor semântico do verbo *gerar*, tendo como contexto a outra obra ovidiana, *Arte de amar* (que aborda com bastante liberdade o tema do erotismo), pontua também mudanças de comportamento. Sigmund Freud (1973: 120), ao focalizar o desenvolvimento sexual do jovem, refere-se à importância dos gestos da mãe, ao fazer a higiene do bebê, e afirma: "Ela está apenas cumprindo seu dever de ensinar seu filho a amar. Afinal de contas, a criança deve crescer e transformar-se numa pessoa forte e capaz, com vigorosas necessidades sexuais e realizar, durante sua vida, todas as coisas que os seres humanos são impelidos a fazer por seus instintos".

Se educar, segundo o contexto geral da obra *Metamorfoses*, é levar o indivíduo a assumir papéis sociais ou psicológicos, educar, segundo o pensamento freudiano, é motivá-lo a viver o papel e a função sexual que a biologia ou as inclinações pessoais lhe sugerem.

Considerando que a obra dos três autores citados para referendar os sentidos de *educare* constitui de forma significativa as raízes latinas de nossa cultura, tais sentidos podem exemplificar as inclinações da história do conceito de educação para os povos, pelo menos, latinos. Nessa história destacam-se três setores importantes na relação do homem com a educação: a instituição familiar (espaço da criação biopsíquico-pulsional, onde reina a mãe), a escola e a praça (espaço da socialização, onde legisla o pai) e a oficina (espaço da operacionalização funcional, onde domina a sociedade). Nesses espaços, os processos educativos moldam a infância, a adolescência e a vida adulta, segundo as regras da cultura ou níveis de humanidade do educando.

O olhar que hoje lançamos sobre a educação difere em alguns pontos da visão dos autores do período clássico da antiga Roma. As explicações dadas pelos dois dicionários brasileiros[4] a este verbete continuam a focalizar o aperfeiçoamento do homem, a falar de instrução, ensino e desenvolvimento, tendo sempre como cenário a sociedade. Entretanto, há diferenças nesse olhar. A relação da educação com a intimidade e o contato físico, encontrada em Cícero, praticamente não é contemplada no conceito atual, pois a única referência é *formar o coração* (*Michaelis*: 2). A ação de *gerar* mudanças no educando, encontrado em Ovídio, está indicada como formal (*Michaelis*: 1, 2 e 3; *Aurélio*: 1, 2) e faz pressupor a intervenção de instituições ou profissionais e mudança física, já que fazem referência à *beleza* (*Michaelis*: 5). É a visão de Plauto que predomina atualmente, mas com uma diferença: os dois dicionários contextualizam educar como atividade reflexiva (*Michaelis*: 9 e *Aurélio*: 5), pontuando a possibilidade de o indivíduo encontrar condições, em si próprio, para sua formação. A diferença maior está na ação do homem sobre a natureza e os animais (*Michaelis*: 6, 7 e 8; *Aurélio*: 3 e 4), o que aponta para o progresso da ciência e uma nova consciência:

---

4) Para não sobrecarregar o texto, abandonam-se os exemplos ilustrativos de cada conceito, os quais podem ser facilmente encontrados nos referidos dicionários.

domínio do meio ambiente. Educar parece refletir confiança no progresso.

educar (lat *educare*)
1. Ministrar educação a. 2. Formar a inteligência, o coração e o espírito de. 3. Doutrinar, instruir. 4. Cultivar a inteligência; instruir-se. 5. Aperfeiçoar, desenvolver a eficiência ou a beleza. 6. Criar e adestrar animais domésticos. 7. Criar e fazer multiplicarem-se os animais para tirar deles proveito industrial. 8. Aclimar, plantar ou cultivar, empregando todos os recursos da arte ou da experiência, para obter maior soma possível de produtos ou de vantagens. 9. Criar-se.

Michaelis (1998)

educar [Do lat. *educare*]
1. Promover a educação de. 2. Transmitir conhecimentos a; instruir. 3. Domesticar, domar. 4. Aclimar. 5. Cultivar o espírito; instruir-se, cultivar-se.

Aurélio — século XXI (1999)

COMUNICAÇÃO

Communico, as, avi, atum, are.
Cícero – *comunicar.*
Cícero[5] – *conferir, praticar, conversar.*

O termo *communicare* tem história semântica mais curta e simples que o termo *educare.* Nela se encontram menos as interpretações do sentido profundo de humanidade e mais as manifestações visíveis ou audíveis do fazer do homem. O lexicógrafo inicia com a tradução do termo *communicare* para enfatizar que Cícero o usava com esse sentido. Essa insistência provavelmente se deve ao fato de comunicar ser um impulso que surge de forma espontânea e natural nos indivíduos, sem motivar muitos desvios ou superposições de sentido. Justificam-se tais impulsos porque o homem, sendo eminentemente social, utiliza-se da comunicação para realizar suas principais atividades: criar e conservar valores culturais, articular sua vida com a do grupo e construir a própria personalidade.

Desde Aristóteles até aos lingüistas e semioticistas da atualidade, várias teorias têm se centrado no exame de modelos ou códigos de comunicação para descrever seus processos e variação de uso. Algumas perguntas, todavia, persistem. Comunicar é simplesmente a utilização de códigos? Em face dos atuais estudos sobre os aspectos que

---

5) Conservam-se a forma e a ordem de apresentação dos verbetes no dicionário, apenas substitui-se a abreviação pelo nome inteiro do autor citado.

25

assume o sujeito no ato de comunicar e revelar suas intenções, a comunicação pode ser considerada uma das modalidades de expressão da consciência do sujeito?

Tais perguntas motivam a focalizar a comunicação, centrando-a no campo lingüístico, e a examinar a natureza de sua ação e atores.

O primeiro passo é destacar que *comunicar* diferencia-se da ação de *informar*, embora muitas vezes os termos sejam empregados um pelo outro, como declara Robert Escarpit (1991). A comunicação é um processo, uma atividade que se atualiza como a de qualquer máquina, pois tem uma programação determinada: escolhe e combina os elementos de um código, elabora mensagens segundo o canal que as emitirá, aprimora a coesão do código e a coerência do contexto, além de prever mecanismos que sustentem a continuidade do processo comunicacional. A informação, por sua vez, é o resultado, o produto, a matéria perceptível, concreta ou sensível que resulta desse processo. Há duas modalidades de funcionamento no processo de comunicação: uma produz, outra recebe informação. Essas modalidades implicam, portanto, duas funções diferenciadas: a do emissor e a do receptor da mensagem. Tais funções estão extremamente entrelaçadas, pois uma não existe sem a outra, por isso seus termos muitas vezes se substituem. Roman Jakobson (1963) descreve a relação das funções com a mensagem em um diagrama do qual, no momento, registram-se apenas as seguintes:

EMISSOR $\rightarrow$ MENSAGEM $\rightarrow$ RECEPTOR

Considerando que a mais sutil e eficaz das máquinas de comunicação é o cérebro humano, reconhece-se que seu processo é feito por pessoas, às quais os estudiosos denominam *remetentes* e *destinatárias*. Para evidenciar essa distinção, empregam-se esses termos ao lado daqueles utilizados por Roman Jakobson, estabelecendo que o emissor e o receptor designam as máquinas (objetos) que produzem a comunicação; o remetente e o destinatário, respectivamente, a pessoa que cria e a que interpreta a mensagem na atividade de comunicar.

Exemplifica-se facilmente essa distinção com a comunicação na televisão: tem-se um ótimo emissor e receptor, quando a comunicação é criada por bons aparelhos de filmagem e de recepção. Tais aparelhos, contudo, podem transmitir mensagem de má qualidade, quando o ser humano que a produz o faz mal. Quando se critica a televisão, julga-se, na maior parte das vezes, o remetente da mensagem, raramente seu sistema operatório por ondas eletromagnéticas.

O segundo passo é compreender que a comunicação é ação ou fenômeno muito geral e apresenta formas de atualização bastante diversificadas. Explica-se tal fato porque o homem, intimamente articulado ao dinamismo da cultura, sente-se motivado constantemente a criar e a utilizar várias linguagens, pois estas solucionam a necessidade de sua interação com a natureza e com a sociedade, confirmando o fato de que se vive em um mundo em que tudo comunica. Assim, a comunicação é um processo e a informação, seu produto extremamente variado e dependente de quem cria e onde o cria.

Voltando ao verbete do dicionário latino e à segunda explicação semântica de *communicare*, entende-se que Cícero explicitou tal termo por meio do verbo *conferir,* porque na natureza do ato de comunicar evidencia-se a diversidade. A comunicação pode, de fato, ser entendida como o modo de os indivíduos conferirem sentidos diferenciados, na interação com o outro, no reconhecimento de seu papel social no grupo e no modo de manifestar sua personalidade ou caráter. Ao comunicar, já diziam os gregos, o falante demonstra seu *ethos*, pois, junto com o

27

conteúdo explícito da mensagem, evidencia sua forma de ser e de fazer.

Por essa razão, a obra de Ferdinand de Saussure, publicada por seus discípulos em 1916, distingue na comunicação lingüística duas modalidades de uso: língua e fala. A primeira constitui o conjunto de signos criados de modo arbitrário e normatizado por regras sintático-semânticas para o homem interagir com o grupo. É o sistema geral de todo o léxico, cujos signos, por serem polissêmicos, podem ter mais de um significado, como mostram os dicionários. A segunda, a fala, é o modo como o indivíduo utiliza esse sistema, sua interação pessoal com o léxico, pois é desse sistema que retira os signos e os transforma em fala. Tal diferenciação torna-se mais clara, quando se focalizam os *atores* da comunicação.

No momento em que escolhe um signo e o combina com outro para criar a fala, o sujeito *ator* da comunicação desqualifica os outros significados previstos pelo sistema e destaca, nesse signo, um sentido específico, pontuado pelo contexto da mensagem que cria. No processo de falar, os elementos objetivos do sistema lingüístico tornam-se, por conseguinte, subjetivos, pois a língua se transforma na linguagem própria de um indivíduo, criada como resultado de sua competência lingüística. É essa competência que gera o efeito de o falante criar, individualmente, como o ator remetente da mensagem, determinados sentidos.

Atente-se, contudo, para o fato de o destinatário da comunicação ter a competência de utilizar o mesmo processo: retirar significados do sistema/língua — não necessariamente os mesmos do remetente —, mas aqueles que seu repertório ou história de vida julgam ser melhores para determinado signo. O destinatário tem, portanto, a liberdade de criar também um sentido próprio em seu processo de interpretar as mensagens.

Se a língua é um sistema aberto, polissêmico e flexível,

a apreensão individual de seus signos é a delimitação de sua generalidade por meio da construção de efeitos de sentido originada não somente na subjetividade, mas também no contexto da ação comunicativa. Cícero, como grande orador, já compreendera essa particularidade, pois dá como segunda explicação para o termo *communicare* o sentido de *praticar*. O verdadeiro ator na comunicação não é simplesmente o usuário da língua, aquele que utiliza signos, mas o falante, aquele que se exercita na descoberta da variação dos jogos desses signos. A principal função do falante é mobilizar tais sentidos em busca de efeitos de persuasão, emoção ou coerência argumentativa. São tais práticas que, realizadas pelo remetente e interpretadas pelo destinatário, fazem da fala atividade original, única de um indivíduo.

Um exame mais aguçado do *ator* implica considerar sua interação com os diferentes *códigos* e *canais* de comunicação. Grande parte dos canais utiliza o código lingüístico, mas possui outros, específicos, que o complementam e determinam diferenças na expressão dos atores. A essas situações diferenciadoras acrescentam-se outras: o tempo e o espaço da criação ou interpretação da mensagem.

O remetente da comunicação lingüística, em qualquer tempo ou espaço, marca sua criação de dois modos: por conteúdo explícito ou implícito. O primeiro corresponde aos elementos do tema que aparecem claramente expressos no texto; o segundo, àqueles que, apesar de não se mostrarem textualmente, estão pressupostos no conteúdo explícito com o qual se articulam, porque sua realização faz parte da lógica da situação focalizada. Umberto Eco (1992:*46) complementa tais noções, apontando que a comunicação literária apresenta sempre "vazios" no texto.

Toda linguagem é uma representação e como tal não cria o real, apenas indica a possibilidade da existência desse real por meio de fragmentos da realidade, visto que, por natureza, a linguagem se constitui de descontinuidades. Tal natureza não possibilita fazer a junção perfeita do todo que é comunicado, apenas trazer coesão aos vazios entre um e outro fragmento. A arte que ultrapassa seu tempo, comenta Umberto Eco, revela-se justamente na escolha e uso de seus fragmentos e na criação da coesão e coerência de seus vazios. É nestes que as gerações futuras vão se deter para preenchê-los com as idéias e emoções próprias de seu tempo e espaço e, assim, deixar a obra sempre atual.

O trabalho de interpretação do destinatário é sempre complexo, qualquer que seja o código, canal, mensagem ou contexto. Ao assistir a um filme, ler revista de moda ou ver telas de pintura de outras épocas, necessita ativar informações conservadas em seu repertório para interpretar os vazios da mensagem, mas dificilmente o faz de forma fiel a esse tempo ou espaço, porque o repertório se situa no campo da memória e, repetindo o que diz o senso comum, desta nada sabemos com certeza, nem ao menos que é falsa. Entende-se, agora, mais facilmente por que Cícero, orador e tribuno, contextualizou o verbo *communicare* como atividade que implica também *praticar* e *conferir*, pois a comunicação é atividade ao mesmo tempo complexa e única.

Complexa porque se forma de várias fontes e se modifica na interação com os diferentes canais, códigos e contextos; única porque cada criação ou interpretação é especial, diferente, fixada em um determinado tempo e espaço. Mesmo que, ao se repetir, ela conserve o código e o canal, não conserva o tempo e o contexto da primeira vez ou de qualquer (re)descoberta. Completa-se, então, o quadro de Roman Jakobson e privilegia-se, agora, o ponto de vista da comunicação feita pelo ser humano, acrescentando a função *contexto*:

$$\text{REMETENTE} \quad \rightarrow \quad \begin{array}{c} \text{contexto} \\ \text{mensagem} \\ \text{código} \\ \text{canal} \end{array} \quad \rightarrow \quad \text{DESTINATÁRIO}$$

A complexidade da comunicação amplia-se, ao se aprofundar a natureza do *ator/remetente*. No caso de um romance ou de uma carta, o escritor ou o missivista dão a impressão de ser somente uma pessoa, um sujeito único, um Eu comunicador indivisível. Entretanto, tanto um como outro são constituídos de vários Eu. Tal complexidade fica mais clara se focalizamos, novamente, a comunicação como processo/máquina produtora de mensagens. Do ponto de vista da atividade de escolha e combinação de signos lingüísticos, esse processo é designado *enunciação* e seu produto, *enunciado*. A enunciação é, portanto, a atividade ou o processo de o sujeito escolher e combinar as palavras que lhe são oferecidas pelo sistema da língua e com elas construir enunciados, os quais constituem as frases, os períodos, o texto no qual se manifesta o discurso do falante. É Émile Benveniste (1966) que, estudando e descrevendo a estrutura das relações da pessoa com o verbo, inaugura o campo das pesquisas sobre a enunciação e a análise do discurso.

Discurso não é, no campo da lingüística, o gênero de expressão que se usa em auditórios ou outros espaços para a manifestação de opinião segundo determinada crença ou posição ideológica. Discurso é o produto da enunciação materializado no texto. O texto, por mais objetivo que seja, conserva sempre alguma marca reveladora de seu processo enunciativo, algum sinal da forma como foi feita a escolha e a combinação dos signos. O exame dessas marcas acaba sempre por pontuar as intenções, tendências, inclinações ideológicas, conscientes ou não, que norteiam o autor do processo. Assim, discurso e texto constituem aparente e formalmente a mesma materialidade, o mesmo fato lingüístico. O que distingue um do outro não é sua materialidade, mas o olhar que o leitor ou ouvinte lança sobre essa materialidade. Quando os elementos da língua são examinados, do ponto de vista das normas gramaticais, semânticas ou fonéticas, quando os significados gerais das estruturas de frase são focalizados para verificar se sua coesão é suficiente para manifestar um conteúdo temático, o leitor ou ouvinte confronta-se com o texto. Quando se vai além desses significados e se procuram os sentidos particulares do emprego de cada termo e da organização de cada frase ou período, deixa-se o texto para se penetrar no discurso e encontrar, neste, as particularidades reveladoras das intenções profundas do pensamento do autor.

A enunciação é atividade, portanto, essencialmente individual, resultado de decisões de um Eu *enunciador*, formado e dinamizado por várias entidades, ou melhor, por outros sujeitos. A primeira entidade que compõe o Eu em sua construção enunciativa é um Ele, alguém que está fora do processo enunciativo, mas interfere nele porque é seu destinatário, por isso, recebe o nome de *enunciatário*.

A figura do enunciatário é importante, pois, estando fora do processo enunciativo, torna-se o Outro, o representante da comunidade ou do grupo social, aquele que exige o uso de normas estabelecidas para que a comunicação tenha sucesso. É essa situação que explica o sentido de *conversar* dado por Cícero para o termo *communicare*.

Na origem etimológica de *conversar* (António G. da Cunha, 1982:213), reconhece-se que ela é o infinitivo depoente *conversari* da forma popular *converso, as, avi, atum, are*, que, segundo o dicionário latino, é empregada no contexto das obras do próprio Cícero, com o significado de: *volver, voltar, mudar muitas vezes*. No latim popular, é comum o emprego de verbos depoentes para indicar que a ação que se está iniciando (verbo incoativo) terá continuidade.

A história da língua confirma que a comunicação é realmente a sucessão de *dizer* e *voltar a dizer* a versão de fatos, ora por um falante, ora por outro, atividade norteada, porém, pelo processo comunicativo incoativo que pede sempre a conversão da fala individual em social.

É no sentido de *conversar* que o Ele/Outro conduz o sujeito a falar a fim de se fazer ouvir e entender. O objetivo de qualquer discurso é sempre alcançar e persuadir o Outro, porque o homem, ao se reconhecer ser social, espelha-se nos modelos criados pelo grupo. É por esse prisma que se entende por que o indivíduo fala consigo próprio ou, como diz o senso comum, *com seus botões*. Esses botões, marcados como os "seus", são o seu Outro, ou seja, a face social que o constitui falante e que deve *conferir* (primeiro sentido dado por Cícero ao verbo *communicare*) a eficiência da comunicação e, depois, lhe *conferir* (empregado agora com o sentido de dar) a qualidade de comunicador.

No esquema da comunicação de Jakobson, criado em 1963, encontra-se a polaridade Emissor e Receptor, à qual se acrescenta, ao se delimitar a comunicação ao ser humano, Remetente e Destinatário, e, finalmente, em 1966, ao se focalizar a criação do discurso, Enunciador e Enunciatário.

E. Benveniste (1966) afirma que o sujeito Eu se diferencia do Ele, a pessoa estranha ao processo discursivo, mas liga-se intimamente ao Tu, como se este fosse o reverso daquele Eu. Voltando ao sentido de *conversar* que Cícero deu ao significado de *communicare,* pode-se dizer que o Tu não é certamente o receptor a que se refere Jakobson, nem o enunciatário descrito pelos analistas do discurso. A face inversa do sujeito Eu é criada pela memória da cultura, pela introjeção de imagens vividas e de experiências da função do comunicante em sua interação com o mundo. É a vivência do Tu que auxilia o Eu em suas escolhas e combinações, que imprime ao discurso sua visão de mundo, que norteia suas intenções, conscientes ou não, independentemente de quem seja o enunciatário.

O discurso da propaganda possibilita entender melhor a função que se atribui aqui a esse Tu, pois dentre os discursos é o que mais se deixa conduzir por ele. Examine-se, por exemplo, uma propaganda de leite em pó para bebês: o enunciador sabe que seus enunciatários são os cuidadores do bebê, que vão ler o anúncio e que devem ser persuadidos a comprar o leite, logo, a mensagem lhes deve ser dirigida. No entanto, em geral, nestas o apelo persuasivo é motivado pelo inverso de um Eu, no qual se distingue a face do Tu/memória de crianças sadias, risonhas e bonitas. É essa face do Tu/bebê que norteia a enunciação de todas as linguagens: o vocabulário ou a estrutura frasal da língua (que presentificam a interação comunicativa com o bebê), sua imagem e da mãe (que atualizam a realização feminina pela maternidade feliz), as cores, as formas e o cenário do anúncio (que recuperam a cena perdida da infância no adulto).

O enunciador do discurso de certas propagandas não é, desse modo, motivado a se dirigir para o enunciatário, mas para a imagem de seu Tu/memória cultural. É esta que vai sustentar a mensagem e deslocar o foco sobre o produto a ser vendido para o segundo plano, a fim de atualizar as lembranças persuasivas do enunciador e as ilusões mitificadas pela cultura. Quem persuade e vende, nesse caso, não é o produtor, nem o enunciador publicitário, mas a memória pessoal cristalizada como a cultura do grupo social, guardada e ativada pelo Tu, inverso do Eu desse enunciador e produtor.

As três expressões usadas por Cícero — *conferir, praticar, conversar* — para explicar o sentido de *communicare* podem ser entendidas como atividades que se sobrepõem, porque o ato de conferir somente ocorre, ao

34

se praticar e conversar, ou seja, realizar a comunicação por meio do social e suas raízes culturais.

É necessário, contudo, atentar para o fato de que se pode apenas *conferir* se a comunicação se realizou com sucesso, mas não a verdade ou realidade nela contidas. Comunicar é somente representar, tornar presente ou criar efeitos de verdade ou de realidade. Os estudos da comunicação não ultrapassam o processo de comunicar, focalizam somente a arte, a criatividade, a coerência dos efeitos criados pelo enunciador. O olhar que julga o conteúdo dos níveis de realidade ou a verdade da comunicação não vem do pesquisador comunicólogo, mas do filósofo, jurista, moralista ou outros.

Os fatos e as idéias na comunicação (em tela de cinema, televisor, computador, livro, quadro, estátua, vestimentas ou qualquer outro meio) são criações do espírito que se manifestam como escritura, trama, textualidade e, mesmo, quando, como afirma Michel Rifaterre, 1979: 25) "o texto não somente tem o ar de se parecer ao real, mas ainda é de uma exatidão suscetível de verificação, o papel que exercerá eventualmente a percepção desta exatidão não pode ser senão coincidência".

Os sentidos dados ao termo *communicare,* no dicionário latino, são bastante representativos da concepção que as ciências da linguagem têm atualmente da atividade de comunicar. Entretanto, as definições apresentadas nos dois dicionários brasileiros mostram-se mais dispersas, menos indicadoras dos sentidos contextuais do bem falar e argumentar, praticados por Cícero, e destacam, em suas contextualizações, verbos com a forma pronominal (*Michaelis*: 4; *Aurélio*: 13), o que aponta a força semântica que dão aos meios de comunicação. Além disso, referem que doenças podem ser objeto de comunicação, indicando preocupação com a saúde e o desenvolvimento das ciências médicas na atualidade.

comunicar (lat. *communicare*)
1. Fazer saber; participar. 2. Pôr em contato ou ligação; ligar, unir. 3. Tornar comum; transmitir. 4. Propagar-se; transmitir-se. 5. Pegar por contágio. 6. Pegar-se, transmitir-se por contágio. 7. Dar. 8. Conferenciar, falar. 9. Corresponder-se, ter relações.

Michaelis (1998)

comunicar [Do lat. *communicare*]
1. (V. t. d.) Fazer saber; tornar comum; participar. 2. Pôr em contato ou relação; estabelecer comunicação entre; ligar, unir. (V. t. d. e i) 3. Fazer saber; tornar comum; participar. 4. Estabelecer relação; ligar, unir. 5. Transmitir, difundir. 6. Pegar por contágio; transmitir. 7. Dar; conceder, doar. 8. Conferir, transmitir, dar. (V. t. c.) 9. Dar passagem. (V. t. i.) 10. Ter comércio ou entendimento; entender-se, tratar. (V. int.) 11. Estabelecer comunicação, entendimento, conversação, convívio; comunicar-se. (V. p.) 12. Comunicar. 13. Tornar-se comum; transmitir-se, propagar-se. 14. Pegar ou transmitir-se por contágio. 15. Travar ou manter entendimento; entender-se, dialogar. 16. Pôr-se em contato, em relação com; entender-se. 17. Unir-se, ligar-se, por comunicação.

Aurélio — século XXI (1999)

Volta-se à indagação que, no início deste texto, norteou o foco sobre a ação e os atores da comunicação. Conclui-se que, se hoje se pode afirmar que comunicar é mais que usar códigos, não se pode descrever os processos de comunicação como a expressão da consciência, porque esta "está na raiz de todo conhecimento" (André Lalande, 1926:*196) e este é fugidio: a cada momento se torna outro.

IMAGINÁRIO

Imagino, as, avi, atum, are
Aulus Gellius: *representar, formar imagens*

Se os verbetes *educare* e *communicare* são termos utilizados por autores conhecidos da literatura latina — e o primeiro percebido de modo diferenciado por três deles — a atividade representada pelo verbo *imaginare* encontra pouca ressonância nesses grandes escritores. O lexicógrafo retira a referência semântica de um autor que inspirou muitos escritores medievais, mas é pouco conhecido entre nós: Aulus Gellius.

Graças a ele foram conservados muitos textos antigos, pois sua única obra, *Noctes Atticae* (*Noites Áticas*), é composta de vinte volumes, dos quais apenas um não está completo. Nesses volumes, Aulus Gellius comenta ou reproduz não somente o conteúdo da obra de mais de 250 autores, como o estilo, as particularidades do uso gramatical da língua ou sua relação com as artes e o espírito de seu tempo.

Segundo Tassilo O. Spalding (1968: 34), "todos os historiadores da literatura latina repetem que Aulus Gellius é a imagem da sua época: amável, vão, pretensioso, mas muito honesto, justo e ardente admirador do passado de Roma". Santo Agostinho, por sua vez, considera-o "Vir elegantissimi eloquii et multae ac facundae scientiae" ("Homem de elegantíssimo estilo, de muita eloqüência e saber" (*apud* Spalding, ibid: 34)

As referências explicativas do ato de *imaginare* são, portanto, comentários pessoais e, principalmente, fatos fictícios que compõem as histórias recopiladas. A primeira referência semântica é *representar*. Tal explicação destaca o fato de o objeto dessa ação não ser tratado como realidade, mas apenas tornado presente por uma ação que se realiza de forma abstrata: imaginar. Desse modo, o foco da produção de imagens incide sobre um sujeito inscrito no campo das impressões pessoais. Imaginar é, por conseguinte, atividade essencialmente particular, subjetiva, não regulamentada por regras ou normas, mas livre, porque seu espaço de operacionalização é a "alma", entendida, no dizer de Santo Agostinho, como "o espaço único, no qual o espírito torna-se atento e faz a memória agir sobre as recordações e sensações" (*apud* Paul Ricoeur, 1983:*39).

Dessas ações resulta a atividade manifestada na segunda expressão usada por Aulus Gellius para explicar *imaginare*: *formar imagens*. O verbo *formar* confirma a atividade de representação, ou seja, ao imaginar, o homem não apresenta a realidade exterior, mas outra, aquela que recebe as linhas tecidas pela sua "alma" segundo contornos dados pelas impressões vividas. Imaginar é atividade que implica experiências vividas.

O autor do dicionário escolheu a contextualização dada pelos textos de Aulus Gellius porque, segundo o latinista Henri Bardon (1956:189), ele não somente sentia prazer em comentar e recopilar obras de outros escritores, mas o fazia com elegância. Em tal contextualização, pode-se compreender *imaginar* como representação que busca certo prazer, pretende impressionar e manifesta a personalidade do criador.

Imaginar seria, pois, forma de distração, atividade social e cultural, ou representação da realidade? Para responder a tal questão, convém pesquisar o campo da sensação e percepção e retomar alguns dados sobre educação e comunicação.

38

Se o indivíduo não tem a possibilidade de apreender o real, tem a competência para criar e reconhecer signos e lhes dar significados. Assim, a educação da criança visa a socializá-la a fim de fazê-la compreender e usar signos e entender que tais signos devem receber, além dos significados reconhecidos por um sistema (como o do dicionário), significações simbólicas que lhe possibilitem conhecer o mundo e interagir com ele. Imaginar e simbolizar são praticamente a mesma atividade, do ponto de vista da representação mental criada pelo indivíduo na subjetividade de seu sentir, refletir e compreender os fatos reais. Imaginar é construir o repertório do saber partilhado, dos signos criados pela cultura, mas posto em *forma* pelo próprio indivíduo.

Para o antropólogo Gilbert Durand (1960), a atividade de imaginar é uma faculdade que se dinamiza por meio da observação, percepção, memorização e reprodução de imagens/símbolos. Tal faculdade mobiliza tanto o sensível como o inteligível, pois é sobre essa polaridade que se constrói a matriz do pensamento racionalizado. Perder essa faculdade é perder a lucidez e a razão.

Assim, para entender o processo de imaginar, deve-se partir do princípio de que o homem se situa em um mundo real e com ele interage. Tal interação é a base da vida social, funcional e afetiva de toda atividade de representar o mundo por meio da comunicação. O real, chamado pelos lingüistas de referente, é captado pelos órgãos da percepção, os sentidos, que o transformam em uma sensação, a fonte externa e empírica do ato de conhecer. Captada pelo cérebro, a sensação dinamiza o processo de reflexão, mola-mestra interna das operações da "alma", e o de imaginar, ou seja, dar forma ou imagem mental à sensação. É desses processos que resultam o entendimento e o conhecimento. A sensação, porque provém da percepção sensível, participa tanto dos acontecimentos objetivos da realidade, como dos atos subjetivos de pensar.

As raízes do processo de comunicação verbal fundam-se nessa atividade, pois é por meio da sensação que a consciência apreende os conteúdos sensíveis do meio concreto (referente), cria a imagem e lhe dá uma forma (significante), à qual articula um significado. Ao criar a sua fala, o homem se coloca no ponto mais alto do processo para moldar o significante (concreto) e o significado (abstrato), recebidos da cultura, e lhes dar um sentido particular, criado por ele na subjetividade de seu ato de sentir e refletir.

Na atividade de imaginar participam diferentes dimensões da criação de sentido: cognitiva (que articula formas de saber), pragmática (que estrutura seqüências de interação) e passional (que organiza processos afetivos).

Se o verbo *imaginare* é contextualizado no campo da narrativa e da ficção, que, por sua vez, resultam de movimentos ambíguos da memória (dos quais não se pode nem mesmo dizer que são falsos, conforme o senso comum), é porque sua conceituação recebe a marca da subjetividade, pólo oposto da objetividade e racionalidade. Nessa perspectiva, imaginar é atividade que não merece confiança? Para esclarecer tal suspeita, focaliza-se o termo *imago-inis*.

> *Imago, inis.*
> Cícero: *a imagem, a figura, o retrato, a pintura, a semelhança, o modelo, a representação de alguma coisa.*
> Virgílio: *o sonho, a visão, ou a sombra.*

Encontram-se para significar esse verbete expressões contextualizadas, desta vez, na obra de Cícero. A primeira impressão é que esse termo contém, para o lexicógrafo, um sentido mais concreto ou pertinente que a atividade de imaginar, o que é comprovado pela escolha não somente da obra de Cícero, como do termo tradutor, *imagem,* conservado quase igual ao do latim, marcando continuidade de uso. A expressão seguinte para contextualizar *imago-inis* é *figura*.

Se a imagem corresponde à abstração mental de uma idéia ou do sentido de um símbolo, a figura é a forma como essa idéia ou símbolo se manifesta. Por exemplo, a idéia de amar ou o simbolismo do amor podem assumir diferentes e várias figuras: Cupido, um coração, uma flor, bombons, uma música, um olhar ou outras manifestações figurativas. A simbologia recobre e ofusca o caráter sígnico dessas manifestações comunicativas.

Embora Cícero não tenha sido citado para contextualizar *imaginare*, o uso das expressões *retrato, pintura, semelhança* e *modelo* para explicar *imago-inis* comprova que ele tinha consciência de que a distinção que se estabelece entre esses termos reproduz a complexidade das criações resultantes da atividade de imaginar. Essa atividade se atualiza, como já se notou, pela continuidade interativa e cíclica ocorrida nos dois planos:

— primeiro, exterior — percepção da realidade objetiva e sua conseqüente sensação;

— depois, interior — dinamização da sensação por meio da reflexão e criação de imagens ou simbolização;

— novamente, exterior — manifestação da imagem ou simbolismo em uma figura ou significante.

A figura, signo ou significante têm sido estudados em campos diversos do conhecimento e recebido especificações próprias desses campos. Tendo escolhido a antropologia de Gilbert Durand para fundamentar a questão do imaginário, atenho-me às noções que este julga mais pertinentes para a compreensão da noção de imagem. Assim, parte-se do princípio de que se compreende o mundo, construindo imagens (como já se descreveu), e de que estas se manifestam em signos, como o lingüístico, ou palavra. O signo pode, então, ser definido como algo que aponta

41

uma realidade que ele, signo, não é, ou melhor, o signo existe para indicar uma existência diferente dele. Ao apontar tipos de existências distintas, o signo recebe outras denominações:

— ícone: signo que apresenta mais semelhança com a realidade, por exemplo, a imagem ou estátua de um santo, o retrato de pessoas, a pintura de cenas ou certos objetos e representações utilizados no cotidiano;

— sinal: signo que está intimamente ligado à natureza, pois é fato não provocado pelo homem, por exemplo, nuvens negras (não são, mas anunciam chuva), fumaça (não é, mas indica fogo), árvores sem folhas (não são, mas indicam o outono), febre (não é, mas indica doença);

— símbolo, imagem ou figura: signo que não tem semelhança com a realidade, como o ícone; não indica um fato, como o sinal, mas recebe um sentido criado e conservado, de forma arbitrária ou não, pela cultura. É esse sentido que ele não é, mas manifesta. Como toda representação cultural é naturalmente dinâmica, o símbolo é criação sempre polissêmica, ambígua e inadequada, já que dentre os signos é o que, conjugando o sensível com o inteligível, menos se aproxima da realidade concreta e pode conter vários sentidos. O símbolo torna evidente qualquer idéia, abstração ou mistério. Por exemplo: a pomba (paz), a foice e o martelo (comunismo), a árvore (progresso), a cruz (cristianismo), entre outros.

A imagem é, portanto, uma entidade complexa: traduz os movimentos mentais, o dinamismo disperso e atemporal do pensamento e a variação da razão, das sensações e emoções, além das diversidades culturais. Ela se manifesta em signos que, mesmo percebidos como ícones ou sinais, são passíveis de simbolização figurativa.

O sentido simbólico que o indivíduo dá aos signos depende de sua natureza biológica, condição psicológica e imperativos pulsionais, acrescidos das intimações que recebe do meio social. Tais processos de simbolizar constituem seu imaginário.

Talvez por essa razão, Cícero contextualiza o emprego do termo *imago-inis* com o sentido de *modelo*. Como esse orador se tornou célebre pela criatividade argumentativa em seus discursos forenses, pode-se entender que utiliza esse termo com o sentido de modelo ideal, protótipo a ser seguido, sentido resultante de sua interação com os valores da ética ou moral de sua época. Nesse caso, a expressão *imagem* recebe a conotação de arquetípica ou de prototípica. Atente-se para o fato de o arquétipo diferenciar-se do símbolo, porque não é ambíguo como este, ao contrário, é a condensação de sentidos que convergem para um sentido primordial, universal e estabilizado no tempo e espaço. Por isso, distancia-se também de protótipo, porque este, como o símbolo, não é modelo estável, mas instável no tempo e espaço, já que converge para a universalidade.

As imagens arquetípicas ou prototípicas constituem a complexidade da faculdade de imaginar e implicam também memorizar, pois tais "imagens primeiras" são conservadas e ativadas pela e na memória, razão pela qual esta é muitas vezes chamada de imaginativa. Compreende-se, desse modo, que as imagens são mais que simples formas utilizadas na comunicação, constituem o patrimônio cultural da humanidade, o que sustenta a interação da individualidade do homem com a essência ou o universal.

Se Cícero tinha consciência de que a imagem é *a representação de alguma coisa*, estava ciente também de que a realidade objetiva somente existe por meio da representação, atividade certamente bastante exercitada em sua atividade de orador.

Enquanto, para o orador, usar imagens ou imaginar é atividade pragmática no campo do inteligível, para o poeta, como Publius Virgilius Maro (70 a.C.-19 d.C.), o sentido do termo *imago-inis* aponta atividade criativa da sensibilidade. No contexto de sua obra, a imagem é entendida, primeiro, como *sonho*, atividade percebida como "abaixamento do nível mental" ou, no sentido figurado, como "pensamento sem consistência e em desacordo com a realidade" (A. Lalande, 1926:*1055). Essa interpretação semântica contrapõe imagem (entendida como signo, sinal e símbolo arquetípico ou prototípico, próprias do contexto de um tribuno) à atividade que foge ao cenário social e se coloca no individual e passional. A confrontação dessas interpretações, contextualizadas na obra dos dois eminentes escritores, instala a dialética sobre o sentido de imagem e, por extensão, sobre a atividade de imaginar.

O termo *dialética* comporta, desde a época grega clássica, dois sentidos que se conservam até hoje: 1. elogioso, lógico, sustentado pelo raciocínio, pela habilidade de discutir, como o fez Platão; 2. pejorativo, norteado por distinções sutis, engenhosas, gerais e, por isso, inúteis (A. Lalande, op. cit.: 255). Nesse caso, a noção de *imagem*, segundo Cícero, recebe a conotação elogiosa, pois é entendida como a interpretante de dados realmente observáveis (*retrato, pintura, semelhança...*) ou atividade racional (*representação de alguma coisa*). A interpretação de Virgílio, ao contrário, traz a conotação pejorativa, porque, além de ser articulada ao sonho, a imagem é, ainda, *visão* ou *sombra*. O primeiro termo reporta-se à pessoa, à individualidade de um olhar, portanto, ao particular, ao não comprovado pelo grupo social e, como é resultante da faculdade comum a todo animal, é depreciado como suscetível de erro. O segundo, a *sombra*, é espaço sem luz pela interposição de um corpo opaco ou produção, numa superfície mais clara, do contorno de uma figura que se interpõe entre esta e o foco luminoso. Como a sombra remete para o significado simbólico da escuridão, do desconhecimento, da cegueira, tal interpretação semântica pode conferir valor negativo à imaginação.

O pensamento filosófico hegeliano, ao retomar a palavra *dialética* e acrescentar que o processo racional nada mais é que a união incessante de contrários — tese e antítese em busca de uma síntese —, possibilita a compreensão da imagem tanto como desvalorizada (*o pecado do espírito, a louca da casa, a infância da consciência*, segundo ditos populares), como valorizada, isto é, imaginação reprodutora ou criadora. É a concepção hegeliana que inspira o século XX a valorizar a atividade de imaginar e precisar os termos que pontuam seus diferentes aspectos.

Gaston Bachelard (1938) descreve as imagens como o fundamento do novo espírito científico, porque sustenta a racionalização; Jean-Paul Sartre (1950) enfatiza o uso da palavra imaginário como substantivo, reconhecendo sua importância na criatividade; Henri Bergson (1945) estuda a natureza da imaginação e a articula à memória; Gilbert Durand (1960) distingue e classifica as estruturas do imaginário em regimes e modalidades de expressão; finalmente, Jacques Lacan (1966) dá novo conceito ao imaginário ao incorporá-lo à prática psicanalítica.

As pesquisas de Durand, norteadoras deste trabalho, resultam da continuidade dada aos trabalhos de sistematização das imagens iniciados por seu mestre, Bachelard, e apontam, na atividade de imaginar, duas funções distintas: imaginação e imaginário. A *imaginação* é a faculdade de perceber, reproduzir e criar imagens; o *imaginário*, a maneira como tal faculdade é operacionalizada.

O imaginário individual alimenta-se do imaginário coletivo e, ao dinamizá-lo, atualiza-o, renovando-o. O imaginário é, portanto, o patrimônio cultural da humanidade e manifesta-se na criação de: 1. obras culturais (literatura, artes plásticas e arquitetônicas, artesanato, vestuário, culinária, entre outras); 2. valores cultivados pelo grupo social (patriotismo, justiça, caridade, entre outros); 3. substância do psiquismo, *alma,* no dizer de Aristóteles, que caracteriza o indivíduo como ser humano (desejos, inveja, paixões).

O verbo *imaginare* não foi referido pelo autor do dicionário latino como tendo sido encontrado em obras de escritores mais conhecidos. Aulus Gellius começa a escrever após um século da morte dos grandes escritores clássicos, o que faz pensar que essa atividade não era, para o lexicógrafo ou, talvez, para seu tempo, conscientemente pensada ou dita como própria do pensamento daqueles clássicos.

Os dois dicionários, ao contextualizar o termo *imaginar*, reportam a concepção brasileira atual dessas expressões.

imaginar (lat. *imaginare*)
1. Conceber, criar na imaginação; fantasiar. 2. Idear, inventar, projetar, traçar. 3. fazer idéia de... 4. Conjeturar, crer, julgar, presumir, supor. 5. Figurar-se, julgar-se, supor-se. 6. Cismar, considerar, pensar.

Michaelis (1998)

imaginar [Do lat. *imaginare*]
1. (V. t. d) Construir ou conceber na imaginação; fantasiar, idear, inventar. 2. Ter ou fazer idéia de; representar na imaginação. 3. Supor, presumir, conjeturar. 4. Relembrar, recordar. 5. Conjeturar sobre; idealizar. 6. (V. transobj.) Julgar, supor, presumir. 7. (V. t. i.) Pensar; cismar. 8. (V. int.) Pensar, matutar, cismar. 9. (V. p.) Julgar-se, supor-se. 10. Prefigurar-se, afigurar-se.

Aurélio — século XXI (1999)

As definições não enfatizam o desvalor da atividade de imaginar, pois, apesar de se referirem a atividades subjetivas (*Michaelis*: 1, 3, 6; *Aurélio*: 1, 2, 4), articulam a estas outras, que podem levar à objetividade criativa ou a interfaces de ação mais complexa e valorizada: racionalizar. Assim, a *imagem* recebe, nos dois dicionários, cuidado semântico que demonstra a preocupação em lhe atribuir função relacionada com as ciências positivas, sobretudo, as ligadas aos meios tecnológicos da comunicação.

imagem (lat. *imagine*)
1. Reflexo de um objeto na água, num espelho, etc. 2. Representação de uma pessoa ou coisa, obtida por meio de desenho, gravura ou escultura. 3. Estampa que representa assunto religioso. 4. Estampa ou escultura que representa personagem santificada para ser exposta à veneração dos fiéis. 5. (Fis.). Representação de um objeto por meio de certos fenômenos de óptica ou pela reunião dos raios luminosos emanados desse objeto depois de uma reflexão. 6. Representação mental de qualquer forma. 7. Imitação de uma forma; semelhança. 8. Aquilo que imita ou representa pessoa ou coisa. 9. Impressão de um objeto no espírito. 10. Reprodução na memória. 11. Símbolo. 12. (Psico.) Reprodução, no espírito, de uma sensação, na ausência da causa que a produziu.

Michaelis (1998)

imagem (Do lat. *imagine.*)
1. Representação gráfica, plástica ou fotográfica de pessoa ou de objeto. 2. (Restr.) Representação plástica da Divindade, de um santo, etc. [cf., nesta acepção, ídolo (1) e ícone (1)]. 3. (Restr.) Estampa pequena que representa um assunto ou motivo religioso. 4. (Fig.) Pessoa muito formosa. 5. Reprodução invertida, de pessoa ou de objeto, numa superfície refletora ou refletidora. 6. Representação dinâmica, cinematográfica ou televisionada, de pessoa, animal, objeto, cena, etc. 7. Representação exata ou analógica de um ser, de uma coisa; cópia. 8. Aquilo que evoca uma determinada coisa, por ter com ela semelhança ou relação simbólica; símbolo. 9. Representação mental de um objeto, de uma impressão, etc., lembrança, recordação.

10. Produto da imaginação, consciente ou inconsciente; visão. 11. Manifestação sensível do abstrato ou do invisível. 12. Metáfora. 13. (Álg. Mod.) Ponto de um conjunto que corresponde a um ponto de outro numa aplicação deste sobre aquele. 14. (Inform.) Cópia exata do conteúdo de um segmento contínuo de memória (principal ou secundária) ou de arquivo. 15. (Ópt.) Conjunto de pontos no espaço, para onde convergem, ou de onde divergem, os raios luminosos que, originados de um objeto luminoso ou iluminado, passam através de um sistema óptico. 16. (Rel. Públ.) Conceito genérico resultante de todas as experiências, impressões, posições e sentimentos que as pessoas apresentam em relação a uma empresa, produto, personalidade, etc. 17. Imagem matricial. 18. (Inform.) Aquela que é representada, processada e armazenada na forma de uma série ordenada de unidades individuais (v. pixel), dispostas contiguamente em linhas e colunas, cada uma com cor, brilho, etc., definidos [cf. imagem vetorial]. 19. Imagem real. 20. (Ópt.) A que é formada pelos raios luminosos que convergem depois de atravessarem um sistema óptico. 21. (Inform.) Imagem vetorial.

Aurélio — século XXI (1999)

A pergunta que dirigiu as reflexões sobre este tema encontra resposta afirmativa nas referências semânticas dos dois dicionários para este verbete. Sua longa e variada contextualização confirma a valorização do *sensível* conjugado ao *inteligível* de forma equilibrada: do ponto de vista da ciência ou tecnologia, focaliza-a como forma material; do ponto de vista da psicologia ou cognitivismo, como imagens mentais.

O multiculturalismo e a globalização, pontuados por mudanças sociais e culturais, além da busca de soluções alternativas, motivam o homem atual a aliar a técnica à arte, a ciência à crença, apontando, além do "novo espírito científico", a que se refere Bachelard (1938), o paradigma das imagens.

Educar
Comunicar
Imaginar

A história da busca da contextualização dos termos *educação, comunicação* e *imaginário* abriu perspectivas para se conhecer mais que a origem etimológica ou a visão que desta origem teve um lexicógrafo no início do século XX. Na verdade, nem se sabe se a escolha da contextualização foi feita nessa época (o dicionário estava, em 1926, na quarta edição) ou se foi trabalho original de seu autor, pois os termos existem em outras línguas. O que sabemos é que tais termos ultrapassam os séculos, as culturas e as línguas desta ou de outras nações.

O homem não muda, quando as questões tratam de sua essência, de sua humanidade e de sua interação com o outro. As mudanças ocorrem na perspectiva da civilização, do *fazer*, não da cultura, do *ser*, conforme afirma Norbert Elias (1939). Desse ponto de vista, a contextualização semântica dos três termos reflete o desenvolvimento científico e tecnológico que marca o fazer humano na atualidade. Por essa razão, a imagem onírica é menos privilegiada: deixa de ser o "estado da consciência nos sonhos" (Lalande, 1925:*766), porque muitos dos sonhos de outrora já são realidade e sustentam a consciência atual da ciência.

Se para estudar uma matéria, como afirmam os lexicógrafos, é preciso aprender a linguagem dessa matéria, a análise motiva a acrescentar: aprender certas linguagens auxilia a penetrar na história do pensamento humano.

Maria Thereza de Q. G. Strôngoli

REFERÊNCIAS BIBLIOGRÁFICAS

BACHELARD, Gaston (1938). *A formação do espírito científico*. Rio de Janeiro: Contraponto, 1996.

BARDON, Henri (1956). *La littérature latine inconnue*, t. I et II. Paris: Klincksieck.

BERGSON, Henri (1945). *Matière et mémoire*. Paris: P.U.F.

BENVENISTE, Émile (1966). *Problemas de lingüística geral*. Campinas: Pontes, 1995.

CABRÉ, Maria Teresa (1993). *La terminología. Teoría, metodología, aplicaciones*. Barcelona: Antártida.

CUNHA, António G. da (1982). *Dicionário etimológico*. Rio de Janeiro: Nova Fronteira.

DURAND, Gilbert (1960). *As estruturas antropológicas do imaginário*. São Paulo: Martins Fontes, 1997.

——————— (1964). *A imaginação simbólica*. São Paulo: Cultrix, 1988.

ECO, Umberto (1993). *Interpretação e superinterpretação*. São Paulo: Martins Fontes.

ELIAS, Norbert (1973). *La civilisation des moeurs*. Paris: Calmann-Lévy.

ESCARPIT, Robert (1991). *L'information et la communication: théorie générale*. Paris: Hachette.

FREUD, Sigmund (1973). *Três ensaios sobre a teoria da sexualidade*. Rio de Janeiro: Imago.

JAKOBSON, Roman (1969). *Lingüística e comunicação*. São Paulo: Cultrix.

FERREIRA, Aurélio B. de Holanda (1999). *Novo dicionário da língua portuguesa — século XXI*. Rio de Janeiro: Nova Fronteira.

LACAN, Jacques (1988). *Escritos*. São Paulo: Perspectiva.

LALANDE, André (1996). *Vocabulário técnico e crítico da filosofia*. São Paulo: Martins Fontes.

MICHAELIS: moderno dicionário da língua portuguesa (1998). São Paulo: Melhoramentos.

MORIN, Edgar (1991). *La méthode — les idées*. Paris: Seuil.

RICOEUR, Paul (1983). *Tempo e narrativa*, t. I. Campinas: Papirus, 1983.

RIFATERRE, Michel (1979). *La production du texte*. Paris: Seuil.

SAUSSURE, Ferdinand de (1969). *Curso de lingüística geral*. São Paulo: Cultrix/Edusp.

SPALDING, Tassilo O. (1968). *Pequeno dicionário de literatura latina*. São Paulo: Cultrix.

SARTRE, Jean-Paul (1950). *L'imagination*. Paris: P.U.F.

SOUZA, Francisco A. de (1926). *Novo dicionário latino portuguez*. Paris: s.e.

50

SEGUNDA PARTE

LEITURAS

*Sim, havia aulas de leitura
naquele tempo. A classe toda abria o
livro na página indicada, o primeiro
da fila começava a ler e, quando o
professor dizia "adiante!", ai de
quem estivesse distraído, sem atinar
o local do texto.*

Mario Quintana

Esta pesquisa nasce de uma experiência profissional.
Participando como pesquisadora do Planejamento de
Programas de Leitura da Secretaria Municipal de
Educação de uma cidade grande como São Paulo,
interessei-me pela criação de salas de leitura em escolas
públicas, assim como pelos aspectos relevantes que
norteiam a formação de seu profissional — o professor
orientador de sala de leitura.
Voltei-me, primeiramente, para o exame das leis que
criaram e regulamentaram tais salas. Em seguida, observei
como agiam ou reagiam os professores em face das
condições de trabalho oferecidas pelo sistema escolar
vigente. Dediquei-me, então, a estágios de observação em
duas salas de leitura da rede de ensino municipal, resultando
desses estágios a motivação para três atividades: 1.
pesquisar a história da leitura, seus contextos e sua interação

com a criança e o adolescente; 2. elaborar um histórico da criação de salas de leitura, assim como um projeto que previsse a parceria de empresas privadas com instituições de ensino para o fornecimento de acervo de livros de literatura infantil e juvenil; 3. criar categorias para descrever e analisar as atividades de sala de leitura de escolas públicas, segundo o método etnográfico, durante o período de um semestre letivo. Tais atividades constituem os três temas desta segunda parte.

LEITURA:
CONTEXTUALIZAÇÃO HISTÓRICA

A leitura precede à interpretação.
Quintiliano

É impossível não interpretar.
Ítalo Calvino

Todos os povos, desde a mais remota Antigüidade, preocuparam-se em conservar e transmitir seus valores culturais, a fim de garantir continuidade e o bem-estar em seu futuro. Para isso, utilizaram signos os mais diversos, como gestos, danças, cantos, objetos e edificações, cujas cores, matéria ou formas tornaram-se foco de observação e promoveram os primeiros processos naturais de leitura: a de mundo. A partir desse percurso iniciou-se a ação de educar, que culminou com o desejo do homem de transmitir normas ao grupo social. A criação da escrita deu ao processo educativo uma especificação e, sobretudo, um *status* especial, pois a decodificação dos signos, implicando abstração e aplicação de conhecimentos, proporcionou aos primeiros leitores uma situação privilegiada: acesso a um tipo de poder. A capacidade de ler o mundo, os outros homens e a si próprio, de forma atenta e perspicaz, assim como interpretar seus conteúdos, criou o líder.

O código escrito, na Antigüidade, contudo, foi mais utilizado para fins econômicos; somente se expandiu e se generalizou, como afirma Marc Soriano (1975), com a escrita, no século IV a.c. As civilizações grega e romana, valorizando a escrita, incentivaram as novas gerações a aprender a ler, criando para tal uma instituição: a escola. Nos séculos seguintes, a aprendizagem da leitura privilegiou o conteúdo ideológico e seu domínio passou a ser condição de elevação social e de integração à classe dominante.

No Brasil, durante anos, os pedagogos trataram a leitura simplesmente como processo de alfabetização, focalizando os mecanismos de aprendizagem, descrevendo seus resultados ou dificuldades e buscando estratégias que a facilitassem. Somente na década de 70, segundo Regina Zilberman & Ezequiel T. Silva (1995), surgiu o campo de estudos que se centrou na leitura e ultrapassou o objetivo pedagógico, examinando sua prática segundo postulados da psicolingüística, sociolingüística e pragmática do discurso.

A ampliação dos estudos da leitura é resultado do desenvolvimento das ciências da linguagem, razão pela qual, afirma o psicolingüista Frank Smith (1989: 12), "a leitura não pode ser compreendida sem levarem-se em consideração os fatores perceptivos, cognitivos, lingüísticos e sociais, não somente da leitura, mas do pensamento e aprendizado em geral". A abordagem da noção de leitura seguirá, aqui, essa direção.

Segundo Soriano (1975: 361-71), o iniciador dos estudos sobre a leitura, na França, foi Emile Javal, cujo livro *Physiologie de la lecture et de l' écriture*, publicado em 1905, destaca os fatores perceptivos e se centra na atividade do olhar. Fundamentando-se nessa obra, Soriano afirma: "A leitura é, primeiramente, um movimento dos olhos". Esses órgãos devem ser, portanto, o ponto de partida do exame dos fenômenos de compreensão e de assimilação no ato de ler, fenômenos invisíveis, mas percebidos pelos seus efeitos: satisfação, interesse, emoção ou aborrecimento.

Durante séculos os livros foram escritos a mão em materiais pesados, trabalhosos ou caros, como pedra, terracota, cera, metal ou pergaminho. Para economizar material e simplificar o trabalho dos copistas, as palavras eram escritas uma em seguida a outra, muitas vezes, abreviadas, sem intervalo entre si ou sinais de pontuação, o que tornou a prática da leitura uma especialização e mesmo uma profissão — a de leitor —, que exigia requisitos não apenas de conhecimento, mas sobretudo de percepção visual, de impostação de voz e de sensibilidade, pois se lia em voz alta. A leitura silenciosa, afirma Soriano, ocorre somente no final do século X, quando surgem os mosteiros, onde os monges buscam uma forma de escrita mais clara e fácil, iniciando o uso das marcas de pontuação, linhas paralelas e espaços de separação entre as palavras.

Ainda hoje, no processo de aprendizagem, ouvir ou fazer leitura em voz alta é prática realizada por crianças e utilizada na escola como estratégia facilitadora. Mesmo muitos adultos ainda a usam, quando encontram dificuldade para compreender os sentidos de um texto.

Conhecer um texto pela leitura em voz alta pode dar a impressão de uma simples atividade de recepção de informações. Na verdade, essa situação leva o ouvinte a decodificar outros signos da língua, como entoação, melodia e ritmo, e a dinamizar sua memória para criar imagens mentais e sensações afetivas. Para a criança, a leitura ouvida é o início da aprendizagem da atividade perceptiva de ler e, ao mesmo tempo, a motivação para essa atividade, razão pela qual sua leitura, a princípio, se processa oralmente.

Os estudos de semiótica apontam no ato de ler a mobilização não apenas dos órgãos da visão ou da fala, mas de todo o corpo.

Gostaria de chamar a atenção de vocês, hoje, sobre o corpo e seu prazer enquanto fonte de sentido, enquanto tonalidade e qualidade do que os seres humanos podem significar por seus discursos, culturas e sociedades. Produzir sentido, interpretar a significância não é uma atividade puramente cognitiva, ou mesmo intelectual ou cerebral, é o corpo, esse feixe de nossas sensibilidades, que significa, que interpreta (Herman Parret 1996: 45).

O corpo não se opõe à mente ou ao espírito, mas pode ser considerado como a *alma vivida*, o espírito experiente. Visto dessa maneira, o corpo instala uma relação de identidade entre sujeito e objeto, no caso, entre leitor e livro, estabelecendo um sincretismo e tornando-se um "corpo extenso", posto que "dirige o processo perceptivo", segundo informa Claude Zilberberg (*apud* Luís Tatit, 1996: 202).

Essas considerações confirmam que a leitura é uma atividade complexa e mobilizadora das duas dimensões da percepção: reconhecer a realidade objetiva e espacial (decodificação dos signos) e transformar tal realidade em um estado subjetivo e não espacial (compreensão dos signos).

Desse ponto de vista, a leitura visa a todos os signos que afetam a percepção, ou seja, os que constituem a materialidade do objeto livro (formato, tamanho, material, diagramação, tipo de letra, ilustração e cores), os que compõem o código lingüístico e discursivo (estruturas narrativas), os que integram o contexto em que ela ocorre (sala ou ambiente de leitura) e os que constituem o próprio ato de ler, ou seja, os que marcam a leitura silenciosa ou oral, feita pelo leitor ou por outro.

As pesquisas sobre os fatores cognitivos revelam que o ato de ler implica categorias de conhecimento, que são convenções compartilhadas pelos membros do grupo social, pois, segundo Smith (1989: 25), compartilhar a cultura "significa compartilhar a mesma base categórica para organizar a experiência".

As categorias possuem regras, mas seu conhecimento

não é suficiente para garantir, na leitura, a apreensão dos sentidos do texto. É necessário que o leitor seja capaz de fazer as inter-relações dessas regras no campo da sintaxe e da semântica. No primeiro, necessita conhecer o significado das articulações de idéias na organização de frases e de períodos. No segundo, conhecer o sentido que cada palavra e sua estrutura frasal recebem no contexto geral, em síntese, reconhecer o valor pragmático de todos os signos.

A leitura constitui-se de processos complexos de reconhecimento e de interação de categorias de várias ordens: lingüística, semântica, semiótica ou pragmática. Se não ocorre relação de um signo lingüístico ou de uma estrutura narrativa com um objeto ou evento do mundo objetivo, não há leitura. A busca e a decisão por um significado no texto lido dependem do conhecimento das categorias e de sua rede de referentes, fornecidos pela cultura do grupo e conservados na memória conceitual de todo indivíduo.

Entendida dessa maneira, a leitura oral não resulta simplesmente do registro do movimento dos olhos e da boca. As teorias cognitivas acentuam a diferença entre a leitura mecânica e a leitura crítica ou criativa. A primeira consiste na simples decodificação de signos, a segunda, na percepção *do que é dito*, mas principalmente de *como se diz o que é dito*, ou seja, na percepção das particularidades dos fatores lingüísticos que criam o texto e seu discurso.

O discurso é o resultado do processo de enunciação "de natureza social vinculado às condições de comunicação que, por sua vez, vinculam-se às estruturas sociais" (Magda Soares, 1995: 18). A análise dos processos lingüísticos revela que a leitura crítica é realizada pelo leitor que reconhece os pressupostos ou os subentendidos do texto. A leitura criativa, por sua vez, é feita pelo leitor que não somente tem a percepção do que Umberto Eco (1993: 46) chama de os "vazios do texto", mas que preenche tais vazios com suas experiências pessoais. Tais leituras, crítica e criativa, levam à produção de um outro texto, o do leitor, à assimilação das idéias e das sensações do texto lido ou à reflexão sobre todos os seus aspectos.

A percepção desses fatos implica outra distinção na noção de leitura: a língua escrita se diferencia da oral. Haquira Osakabe (1982: 149) afirma:

> Aprender a ler não corresponde simplesmente à aquisição de um novo código ou muito menos ao simples desenvolvimento de um tipo de percepção através do acréscimo de uma nova habilidade. Aprender a ler é, também, ter acesso a um mundo distinto daquele em que a oralidade se instala e organiza: o mundo da escrita que, como já se disse acima, não é o simples registro das manifestações orais, já que ele institui, para os falantes de uma mesma comunidade, territórios privilegiados, muitas vezes ocultos sob a forma de enigmas, documentos esotéricos, a cujo acesso a alfabetização pode se constituir numa espécie de iniciação.

Ao estabelecer essa distinção, entra-se no campo dos 'fatores sociais que envolvem a atividade de leitura e que têm polemizado as questões sobre a categoria de leitor, como é entendida hoje.

Na Europa, a história da interação desses fatores com o leitor se iniciou aproximadamente, segundo Marisa Lajolo e Regina Zilberman (1996: 14-7), no século XVIII, quando a impressão de obras escritas deixou de ser um trabalho quase artesanal e passou a ser atividade empresarial, dirigida pelo lucro e não pelos interesses do Estado. As revoluções que instituíram, sobretudo a partir do século XIX, a democracia, o liberalismo e a ideologia burguesa, fortaleceram a família, melhoraram o padrão de vida e generalizaram o lazer, contribuindo para o desenvolvimento do gosto pela leitura de tal modo que os leitores, cada vez mais numerosos, transformaram-se em público e o livro, em mercadoria de consumo.

O público, tendo aprendido a dialogar como leitor empírico com a obra e a demonstrar suas reações e seus desejos, deu à atividade de leitura a qualidade de hábito ou de prazer refinado que se tornou própria de determinada classe social. Entretanto, com o desenvolvimento dos meios de comunicação e, sobretudo, com o processo de globalização, a leitura de livros como prazer tem perdido sua hegemonia como lazer e se tornado, porque vista como ferramenta de trabalho ou como condição para integrar a sociedade moderna, o principal alvo da pedagogia e a função maior da escola.

No Brasil, somente por volta de 1840, quando o país se tornou sede da monarquia, criaram-se tipografias, livrarias e bibliotecas e ensaiou-se um programa de escolarização. À medida que esse programa foi se concretizando, aumentou o papel do professor nas atividades de aprendizagem e de formação do hábito de ler e do gosto pela leitura.

A proposta de atividades ao aluno, contudo, nem sempre ocorre de maneira natural ou espontânea, pois elas são, como descrevem Zilberman e E.T. da Silva (1995: 11-7), quase sempre desligadas do cotidiano ou do imaginário do aluno, promovendo o esvaziamento das relações entre o processo de leitura e a descoberta do valor ou do prazer do texto. Afirmam Zilberman e E.T. da Silva (1995: 13-4):

> Desvinculado de seu objeto, o ato de leitura torna-se intransitivo e inexplicável, a não ser que se apele a categorias tomadas de empréstimo de outros setores da vida social. Aquelas, por seu turno, aparecem no estado de promessas: é importante aprender a ler, porque a condição de leitor é requisito indispensável à ascensão a novos graus do ensino e da sociedade; configura-se, assim, como o patamar de uma trajetória bem-sucedida, cujo ponto de chegada e culminância são a realização pessoal e a econômica.

A noção de leitura que permeia esta pesquisa é a de

atividade complexa, constituída de todos os fatores, perceptivos, cognitivos, lingüísticos e sociais, e sua interação com as finalidades práticas da leitura, o conhecimento anterior, o contexto e as emoções da pessoa nela engajada e a natureza do texto que está sendo lido, posto que é em suas estruturas discursivas e em seu meio de comunicação que as expectativas do leitor e as intenções do remetente da mensagem se encontram. Esta noção se complementa com a afirmação de Pierre Gamarra (1974: 63): "A leitura começa antes da leitura. Por muitas razões. Não se pode ler livros, se não se começou justamente a ler o mundo em volta de si".

Em face do progresso nos meios de comunicação midiática, pode-se acrescentar: ler o mundo, hoje, é ler também tecnologia.

ATOS PARA O PRAZER DE LER:
LEIS E PROJETOS

A ação livre apóia-se no
conhecimento e utilização das
determinações (constâncias,
estruturas, leis).

Edgard Morin

Os estudiosos da língua concordam que todo ato de linguagem possui uma significação, registra um dado, constata um fato. Leis, decretos ou portarias são, dentre todos os atos de linguagem, aqueles cujo objetivo principal é apresentar uma informação significativamente diretiva ou normativa a fim de explicitar um dado que se atualizará como fato. Se esse ato não se realiza com a devida clareza, os dados ou fatos perdem a normatividade.

Criação de Salas de Leitura

O percurso histórico da criação de salas de leitura na Rede Municipal de Ensino de São Paulo iniciou-se em 1972, quando um grupo de professores e coordenadores de atividades de ensino reuniu-se para discutir a razão do desinteresse e baixo rendimento dos alunos nas áreas de comunicação e expressão. Entenderam que esses alunos se mostravam refratários às exigências da escola porque, alheios ao prazer da leitura, viam os livros com desagrado devido à sua imposição como meros utensílios didáticos. Pensou-se, então, na possibilidade de explorar o livro como diversão ou recreação e fazê-lo ocupar mais espaço na vivência escolar e no imaginário infantil e juvenil. Tal fato motivou a Secretaria Municipal de Educação e Cultura a iniciar uma experiência-piloto, em 1972, na qual alunos da Escola Municipal Maria Antonieta d'Alkimin Basto, na Vila Olímpia, freqüentavam, no horário de aulas e acompanhados de sua professora, a Biblioteca Municipal Infantil Anne Frank. O bom resultado dessa experiência determinou, no ano seguinte, a regulamentação do Programa Escola-Biblioteca — PEB, sigla pelo qual será doravante referido, e previu sua implantação em mais 12 escolas municipais. Assim, em 1974, os alunos de Ensino Fundamental passaram a freqüentar a biblioteca do bairro para conhecer seu funcionamento, tomar contato com os livros, folheando-os, lendo-os e retirando os de sua preferência para leitura em casa. As visitas estavam previstas no currículo semanal e ocorriam nas aulas de Comunicação e Expressão em Língua Portuguesa. O professor dirigia as atividades e proporcionava, juntamente com o bibliotecário, outras: hora do conto, entrevistas, dramatizações e debates.

As atividades buscavam transformar alunos em bons leitores, por meio de incentivos como elaborar resumos e anotar informações. Nesse momento, a preocupação era criar o gosto e o hábito de leitura, integrando as atividades da biblioteca à vida escolar, incentivando a iniciação à pesquisa bibliográfica, por meio da adequação do material de leitura à clientela escolar e da metodologia do ensino da leitura para alunos do Ensino Fundamental.

O PEB se desenvolveu de maneira sistemática e gradativa, integrando em seu programa de treinamento e capacitação para a boa utilização dos livros, seu espaço e técnicas de abordagem e o professor das salas de aula, a fim de conscientizá-lo de sua importância no processo de desenvolvimento de seu aluno como leitor.

Entretanto, à medida que as instituições, escola e biblioteca, desenvolviam suas programações, crescia o interesse por parte dos alunos pelo livro de tal modo que se fez necessário criar uma biblioteca dentro da escola para facilitar as atividades. Além disso, a diferença de formação, experiências e objetivos do professor e do bibliotecário acelera o processo de afastamento das atividades de leitura na biblioteca e intensificam os momentos de leitura na própria escola, levando, nesta, à criação de espaços para os livros e suas atividades.

A Secretaria Municipal de Educação destinou, então, verba especial para a aquisição de um acervo mínimo de livros de literatura infantil e juvenil e de mobiliário adequado à montagem de salas apropriadas nas unidades que já participavam do programa. O acervo, classificado como fixo, circulante e de leitura dirigida por fichas, recebeu tratamento adequado e supervisão da equipe do PEB.

As fichas norteadoras de leitura constituíam-se de questionário sobre: 1. conteúdo da obra lida; 2. compreensão da idéia central ou de partes do texto; 3. percepção de pormenores; 4. avaliação crítica do material lido. As atividades obedeciam a uma graduação crescente de dificuldades e eram repetidas certo número de vezes, requerendo do professor elaboração cuidadosa.

No final de 1975, segundo relatório da comissão do PEB, 11.000 crianças se beneficiavam dessas atividades, sendo que 6.000 freqüentavam as salas de leitura (denominadas doravante SL), realizando programação adequada a suas séries, retirando livros para ler em casa, aproveitando as sessões de hora do conto, divertindo-se com dramatizações, entrevistando escritores ou fazendo teatro. O restante da clientela escolar, 5.000 crianças das escolas não integradas no programa, participava de atividades de leitura orientada por fichas, nas sessões de leitura básica em classe, já que não dispunham de salas apropriadas

O conteúdo das fichas visava à relação do aluno com a técnica de ler e compreender o conteúdo do livro, mas não insistia no prazer proporcionado pela leitura. Tal fato motivava o professor a voltar-se mais para a decodificação instrumentadora que para o reconhecimento da originalidade ou forma como o conteúdo era comunicado. Verificou-se que a preocupação maior era criar simplesmente um leitor decodificador, não um apreciador da leitura.

No final de 1977, outras 32 unidades tinham se juntado às 13 iniciais, totalizando 45 escolas com o PEB, distribuídas pelas 16 Delegacias Regionais, recebendo todas acervo de livros de literatura, indicados para as diferentes séries, além de pastas e fichas plastificadas para dirigir a leitura dos livros. A montagem das SLs de algumas dessas 32 escolas resultou do auxílio e interesse da Associação de Pais e Mestres, que adquiriu, às expensas próprias, o acervo mínimo exigido.

Em 1978, após a unificação dos níveis no ensino municipal, que passou a compreender as áreas de Educação Infantil, Fundamental e Médio, Supletivo e Educação Especial para portadores de deficiência auditiva, ampliou-se o número de 45 para 86 escolas integradas no PEB.

Esse número implicou ampliar também o serviço que dava apoio às atividades do PEB e a criar um setor específico com o objetivo de pesquisar, elaborar e difundir técnicas que possibilitassem atuação mais produtiva e eficiente para a prática da leitura. Assim, no final de 1978, havia 131 escolas envolvidas no PEB, que passou a chamar-se SL (sala de leitura). Entretanto, o decreto que formaliza essa designação foi assinado somente em 1983, quando se criaram 300 novas salas e se estabeleceram normas para seu funcionamento, substituindo o programa PEB pelo serviço co-curricular, realizado em sala de leitura, e definindo a função do professor encarregado.

Revendo o percurso histórico de 1974 a 1983, destaca-se que a SL existiu primeiro como prática de educação e experiência isolada em uma escola para, no ano seguinte, possibilitar a criação do programa que integrava sua atividade à biblioteca. A integração durou pouco mais de um ano, mas deu aos professores o conhecimento da dinâmica de biblioteca, motivando a implantação das salas/bibliotecas na própria escola, às quais acrescentaram sua prática pedagógica no ensino da leitura.

Entretanto, nem toda a rede de ensino, em 1990, possuía SL, o que levou a Secretaria Municipal de Educação de São Paulo a autorizar, nesse ano, sua criação em todas as escolas de Ensino Fundamental, de Deficientes Auditivos e de Ensino Médio e, posteriormente, em 1997, nas escolas de Educação Infantil, desde que houvesse condições físicas, em todas elas, e não implicassem prejuízo no atendimento da demanda escolar.

Função do Profissional Atuante em Sala de Leitura

A história da função do profissional atuante em sala de leitura é paralela à da SL. Nas 13 escolas em que a SL foi implantada, em 1974, essa função foi exercida pelo próprio professor de classe de 1ª a 4ª série e pelos de Língua Portuguesa das séries subseqüentes. Os professores aproveitavam o horário dedicado à sua matéria para acompanhar seus alunos à SL. Em 1975, a Secretaria da Educação passou a selecionar, dentre todos os professores inscritos para trabalhar nessas salas, aqueles que seriam treinados para essas atividades.

A comissão do PEB proporcionou treinamento específico e sistemático aos professores para conhecerem os métodos de tombamento, catalogação e demais processos de organização de biblioteca e, ao mesmo tempo, desenvolverem habilidades específicas para orientar e motivar a interação aluno-biblioteca em sua própria escola.

Tais atividades, estabelecendo a distinção entre o funcionamento de uma biblioteca geral e o de uma SL, determinaram com clareza as funções desse professor.

Após o PEB ter sido substituído pelo programa de SL, em 1983, o profissional atuante nesse espaço passou a ser denominado *encarregado de sala de leitura* (doravante ESL), função exercida por professores efetivos da própria escola, preferencialmente, com prejuízo de funções de docência, mas sem prejuízo de vencimentos e demais vantagens do cargo. Esse professor, subordinado ao diretor da escola, recebia orientação normativa e apoio técnico da equipe, outrora participante do PEB, agora, constituindo um departamento específico. Tal departamento, em 1984, regulamenta a convocação e a carga horária mínima semanal obrigatória desses profissionais, em caráter extraordinário.

Somente em 1990, efetiva-se a regulamentação que determina como deve ocorrer o planejamento e o desenvolvimento das atividades nas SLs e as atividades do ESL: oferecer atendimento a alunos de todos os turnos e de todas as modalidades de ensino na escola; supervisionar, organizar, controlar o acervo a fim de contemplar todos os componentes curriculares; possibilitar interação entre o aluno e as atividades dos diferentes conteúdos específicos; propiciar a utilização da sala por todos os professores da escola e da comunidade, sempre com o objetivo de tornar o ato de ler atividade criativa e crítica, proveitosa e prazerosa, enfim, envolvente tanto do ponto de vista subjetivo como objetivo. É o Conselho de Escola que elege o ESL dentre seus professores em exercício, com mandato de um ano, com direito à reeleição.

Tal regulamentação propiciou avanço no planejamento, pois motivou a criação de práticas mais dinâmicas de interação do aluno com o livro. Assim, o ESL abandonou o trabalho de leitura relacionado a fichas e concentrou-se na interação do ato de ler com atividades diversificadas e livres, tais como: hora da história, hora da poesia, leitura em grupo ou individual, consultas bibliográficas, intercâmbio com editoras para a promoção de encontros com autores, elaboração de jornal e festival de livros, música e teatro. Em 1992, a função de ESL passa a ser denominada *Orientador de Sala de Leitura* (doravante referido OSL). Se outrora havia somente um *encarregado*, cujo sentido traz a conotação de guardar, vigiar, a palavra *orientador* pressupõe um trabalho no campo intelectual. Nesse mesmo ano, determinou-se aumentar o número de OSL conforme o número de classes em funcionamento: cada escola teria um OSL para até 25 classes; dois, de 26 a 50; três, de 51 a 75 e quatro, para mais de 76 classes. Nos planos de atividades das SLs deveria estar prevista, no mínimo, uma sessão semanal para cada classe. Entretanto, se o professor de sala de aula pretendesse mais de uma sessão para sua classe, esta ficaria a seu cargo, podendo usar o espaço da sala, mesmo sem a presença do OSL.

Em 1993, instituiu-se a opção pelo regime de tempo parcial ou integral para a carreira docente, assim como o acúmulo de cargos por meio do exercício de trabalho excedente na regência de horas-aula. Desse modo, o professor de sala de aula pôde acumular a função de OSL, complementando sua jornada.

Em 1995, confirmou-se formalmente que o OSL poderia ser também licenciado em Pedagogia e que os horários de visita à SL fossem marcados, preferencialmente, durante a regência de classe de professores de Língua Portuguesa, os quais deveriam permanecer na sala durante toda a sessão de sua turma. Essa decisão visou à interação da prática de leitura com o trabalho em sala de aula.

No caso da criação de SL em escolas de Educação Infantil, as atividades deveriam ser desenvolvidas pelo regente das classes, ficando o trabalho de tombamento do acervo e da organização do espaço físico a cargo da equipe técnica da instituição.

O exame do percurso para implantação de SL e regulamentação da função do OSL, em escolas municipais da cidade de São Paulo, motiva a síntese dos principais pontos que pode subsidiar instituições educativas a implantarem um programa de sala de leitura.

Caracterização da sala de leitura

Espaço
— sala arejada e bem iluminada, com dimensão para comportar o número de alunos de uma classe, aparelhada com mobiliário adequado: mesas redondas com cinco cadeiras cada uma e estantes para o acervo de livros.

Tempo
— obrigatoriedade de um horário no currículo de todos os cursos, correspondente a uma hora/aula semanal;
— determinação do horário de funcionamento da sala para atendimento das atividades que não se enquadrem no currículo, ou seja, pesquisas, empréstimos e atendimento à comunidade.

Funções do OSL
— organizar o espaço físico a fim de adequá-lo às atividades a serem desenvolvidas segundo os horários de atendimento e projeto pedagógico da escola;
— garantir a infra-estrutura necessária ao funcionamento regular das atividades específicas da sala: tombamento e atualização do acervo, manutenção e preservação do objeto livro; preparação de material de apoio para as atividades básicas; intercâmbio com outras instituições;

— preparar o material a ser utilizado em cada sessão de acordo com a programação elaborada pela equipe técnica da escola;

— selecionar, organizar e atualizar o material informativo (álbuns, jornais, revistas, folhetos, catálogos, murais, vídeos, diapositivos e outros recursos) que complementem e inovem o material já selecionado para fundamentar ou sustentar a elaboração do projeto pedagógico da escola.

Atividades na SL durante Período de Aulas

— planejamento e desenvolvimento de programas e atividades temáticas que se integrem nos objetivos básicos dos diversos componentes curriculares;

— organização e dinamização das atividades: orientação de leitura livre e escolha de livros para empréstimo; práticas de interpretação prazerosa e contextualização de gêneros e temas; interação com outros suportes midiáticos para motivar a leitura de poemas ou prosa literária (música, filmes, TV, quadros de pintura, propaganda, jornais, quadrinhos, *outdoor,* revistas, *sites*); dramatização; jornadas temáticas; concursos de criação de textos jornalísticos, poéticos, epistolares, científicos, folhetos, murais, entre outros.

Atividades em Horário Livre para Alunos e Comunidade
(possivelmente coordenadas por membros da Associação de Pais e Mestres – APM):

— orientação de leitura e de empréstimos de livros; auxílio na escolha de bibliografia para pesquisas; organização de eventos paralelos, como visita de autores ou personalidades, festas e feiras culturais; seminários.

Competência do Conselho Escolar

— avaliar anualmente o desempenho do OSL, para decidir sobre sua continuidade no posto e notificá-lo, se for o caso, até trinta dias antes da expiração de sua designação.

— proporcionar condições para esse profissional exercer suas funções;

— possibilitar que todos os alunos, de todos os turnos e níveis de ensino, assim como seus familiares e a comunidade sejam recebidos com a devida atenção.

Projeto de parceria com empresa privada

O projeto *De mãos dadas com a empresa* foi criado por esta pesquisadora no princípio de 1995 como uma proposta alternativa para o financiamento da implantação de novos espaços específicos para a leitura em escolas públicas, nas quais não haviam ainda sido instaladas salas de leitura. A proposta inspirou-se no espírito e técnicas próprios do *merchandising*. Encontrada a empresa interessada em investir em cultura e programas de apoio à comunidade, Fundação Itaú Social, realizou-se o acordo.

A proposta de parceria diferencia-se da de terceirização. Nesta, a empresa presta serviços mediante remuneração. Na parceria, a empresa também presta serviços, mas não recebe nenhum pagamento; contribui voluntariamente e apenas compartilha da satisfação de ver os bons resultados.

O sentido de pareceria, neste projeto, é o de contribuição para apoiar ação educacional promotora de melhor qualidade de ensino. Tal prática atende ao interesse de empresas que, abraçando o princípio de cidadania empresarial, comprometem-se com questões comunitárias. Nesse caso de parceria, esse espírito constitui um fator particularmente positivo, tanto para a empresa quanto para as escolas. A empresa beneficia-se do prestígio de se tornar credora da confiança de um grupo da sociedade, pois sua atividade é valorizada social e culturalmente, e a escola, credora de uma doação valiosa, pois recebe um acervo considerável de livros.

Os alunos e, por extensão, suas famílias e a comunidade do bairro sentem-se particularmente prestigiados, já que a interação com empresa bem-sucedida lhes dá a sensação de partilhar o sucesso. Em muitas escolas, alunos, pais e pequenas empresas locais motivaram-se a desenvolver espírito cívico, ajuda mútua e valorização estética dos ambientes, reformando, consertando ou pintando o prédio, construindo muros ou calçadas e arborizando seus espaços.

O acordo para a realização da parceria implica:

— fazer o projeto de decoração e de ambientação para ser aprovado pela direção da escola;

— comprar e doar para acervo aproximadamente 1.800 títulos, compreendendo cada título 3 exemplares, totalizando mais de 5.000 livros. Os títulos são, em sua grande maioria, livros de ficção para crianças e jovens e, em menor número, as principais obras de referência para as pesquisas. Os títulos são indicados pela equipe técnica da escola;

— supervisionar e controlar a entrega dos livros com as notas fiscais.

Em troca, a direção da escola oferece à empresa a utilização do espaço físico de sua SL para estratégias de *marketing* ou *merchandising*:

— dar seu nome à SL;

— carimbar e etiquetar todos os livros e objetos doados com sua logomarca;

— utilizar na decoração elementos, como frases, cores e formas que remetem para seu produto ou marca, desde que não afetem o ambiente de tranqüilidade e de estudo da sala nem os valores morais e pedagógicos da instituição escolar.

A parceria propicia os benefícios:

— à empresa: credibilidade, pois a participação no

processo de interação do aluno com a educação e com a leitura é atividade valorizada culturalmente;

— ao aluno: acesso a excelente acervo de livros novos e atualizados e sentimento de valorização de seu *status* social por receber doação de objetos de cultura;

— às editoras: aumento e melhoria de produção, expansão de atividades, contribuindo de forma indireta para a difusão da cultura;

— ao OSL: motivação para exercer de maneira eficiente a função para a qual está capacitado;

— ao professor: motivação para ampliar o gosto pela leitura a fim de ter vivência para demonstrar ao aluno que se pode conhecer o mundo e a si próprio por meio da leitura.

A primeira SL, resultado do projeto de parceria da Secretaria Municipal de Educação de São Paulo com a Fundação Itaú Social, foi inaugurada em dezembro de 1995 em São Miguel Paulista, com a doação de 7.500 livros atualizados de literatura infantil e juvenil e de obras de referência bibliográfica. Este número ultrapassou o estipulado na parceria (o acervo considerado ideal para iniciar uma sala é 3.500 livros).

De março a dezembro de 1996, inauguraram-se mais quatro SLs, com acervo sempre acima de 5.000 livros, em escolas da periferia: Ermelino Matarazzo, Guaianazes, Interlagos e Cidade Tiradentes. Em 1997, mais seis, nas regiões de Santana, Santo Amaro, Cidade Adhemar, Itaim Paulista, Barro Branco/Cidade Tiradentes e São Matheus.

Em 1998, a empresa parceira, diante dos resultados da excelente mobilização de professores e alunos com a leitura, aprovou a implantação de dez novas SLs, completando o compromisso inicial de colocar em funcionamento o total de 21 *Salas de Leitura Itaú.*

O projeto foi realizado com sucesso, como se verá adiante, e pode servir de orientação para instituições educacionais *de mãos dadas com a empresa,* desenvolverem atividades que sejam úteis para a coletividade.

CENAS DE SALAS DE LEITURA

Para ensinar o aluno a
inventar é bom mostrar-lhe que
ele pode descobrir.

Gaston Bachelard

O espírito humano se forma na e pela linguagem, pois o indivíduo não conhece a realidade diretamente, mas pela mediação dos signos e símbolos. A sensibilidade gera o conhecimento, que se traduz em palavras ou gestos. A partir desse pressuposto, a observação na SL das duas escolas selecionadas é determinada pelo olhar norteado pelas marcações/categorias de análise: 1. espaço físico; 2. tempo de permanência dos alunos; 3. atividades de demonstração de boa leitura; 4. motivação para o engajamento dos alunos nas atividades; 5. sensibilidade para perceber todos esses aspectos.

Categorias para a Observação

O *espaço* da SL é um lugar adequado e equipado para privilegiar a leitura prazerosa, não apenas aquisição de conhecimentos. A disposição das mesas e cadeiras, a cor clara, quadros e cartazes nas paredes, a iluminação natural e direta, o ambiente arejado, calmo e organizado assim como a circulação ordenada das pessoas comunicam de maneira fortemente demonstradora experiências assimiláveis por todos os alunos. O espaço não tem as características funcionais de biblioteca, pois nele coexistem livros e outros meios de comunicação, não apenas porque estes últimos são também meios de fruição ou de aprendizagem, mas, sobretudo, porque sua contigüidade destaca as diferenças entre seus códigos e as relações particulares que cada um mantém com o real e o ficcional.

Do ponto de vista do *tempo*, há dois aspectos: o livro é, dos meios de comunicação, o que possibilita melhor adequação ao ritmo de aprendizagem e temperamento do aluno. Por isso, o programa da SL aponta a necessidade de estabelecer um tempo determinado, regular e semanal, no currículo escolar, para que o aluno possa ter seu momento específico e particular para o contato com o livro.

Na inter-relação tempo e espaço surge a terceira categoria, a *demonstração,* exercida pelo OSL e dirigida por vários focos. Para compreender essa categoria é necessário entender que a sala de leitura é um espaço no qual os livros, os objetos, a organização, a tranqüilidade e, sobretudo, as pessoas constituem linguagens, que devem ser experiências demonstradoras. Torná-las positivas e assimiláveis é a função do OSL.

O OSL é o canalizador de todas as demonstrações. Seu foco principal é a criação da boa interação de todos os freqüentadores da SL com o livro. É ele quem vai fazer que o livro se transforme também em demonstrador, pois é sua função levar o aluno a usufruir toda e qualquer potencialidade criativa da língua e aprender como tal potencialidade se desenvolve. Assim, demonstra como as várias linguagens dos códigos que constituem o livro (texto, diagramação, ilustração, cores, formato, tipo de papel) podem ser compreendidas e apreciadas.

O eficiente OSL também é demonstrador, quando se empenha em manter o ambiente agradável, organizado e os livros bem cuidados, revelando interesse e prazer em realizar essas atividades. Do mesmo modo, o professor de classe, que considera esse tempo e espaço como significativos, retira livros para ler e os comenta com os alunos, demonstra a especificidade e variabilidade da língua, mais eficientemente que usando palavras ou dando exercícios. O aluno pode ser também agente demonstrador, pois, ao se entusiasmar com a leitura, motiva os colegas ao desejo de partilhar de sua experiência. Até o objeto livro, porque não é somente texto, demonstra como as páginas constituem seqüência narrativa, como a impressão e a ilustração podem interagir com o texto ou modificá-lo, como vários materiais e formatos podem compô-lo, como palavras, formas e cores transformam a realidade factual, indicando a diferença entre a ficção e a realidade. Mesmo a organização dos livros na prateleira é demonstradora, pois sugere variabilidade de escolha, ordem, classificação, gêneros e livros, que, sendo objetos de uso comum, precisam ser cuidados e respeitados.

Como efeito dessa ação dá-se a quarta categoria, o *engajamento*, termo que deve ser entendido como o de *engatar* uma ação em outra, um comportamento em outro. Estão previstos, aqui, dois tipos de engajamento: do freqüentador da sala de leitura, que incorpora as informações de comportamento recebidas nas demonstrações referidas acima; e do leitor, que se deixa envolver pela temática do livro e, projetando-se nela, vive suas experiências. Os dois tipos motivam amadurecimento sem nenhum prejuízo de ordem moral, física ou material para o leitor, ao contrário, o engajamento motivado pelos comportamentos e pelas informações, aprendidos por imitação dos adultos ou dos colegas, ou por observação do próprio livro como objeto, recebe a garantia de experiências institucionalizadas pelo grupo social. O engajamento provocado pelas emoções da mensagem ou pelos modelos de comportamento das personagens, por serem ficção, reduz a incerteza e a insegurança do aluno, causadas por sua falta de experiência.

Tais exercícios são resultado da *sensibilidade,* que, mobilizando as outras categorias, faz com que alunos e professores percebam que o objetivo da sala de leitura não é criar expectativas acerca do desempenho escolar, mas permitir ao aluno criar suas próprias expectativas acerca das várias experiências de viver, sobretudo, das que podem auxiliá-lo a resolver seus problemas pessoais. A especificidade que norteia as atividades do espaço e do tempo da SL consiste em levar o aluno a sentir, pensar e ter experiências mentais e emocionais livres e espontâneas. Para que isso ocorra, todo o ambiente e as atividades precisam lhe oferecer demonstrações de como isso pode ser conseguido.

Embora a sensibilidade implique também aquisição de conhecimento, o objetivo primordial de sua ação, na SL, é possibilitar respostas a necessidades interiores, a anseios profundos de experiências, cuja satisfação produz no aluno não somente prazer, mas sobretudo consciência da necessidade de amadurecer. Sentir experiências de toda ordem: abrir ou folhear livros, deleitar-se com formas e cores, ler histórias tristes ou cômicas, livros *bons* ou *maus, bonitos* ou *feios,* entender bem ou não a mensagem — e comentar sobre tudo isso — faz o aluno sentir-se competente para avaliar o mundo, real ou imaginário, e a si próprio a fim de poder vislumbrar as linhas possíveis de seu futuro.

Essas categorias foram contempladas durante a observação de SL realizada em duas escolas municipais de São Paulo, seguindo as indicações do etnógrafo James P. Spradley (1980).

Método Etnográfico

Este método orienta o pesquisador a fim de torná-lo observador participante das atividades estudadas, seguindo dois propósitos: engajar-se nas atividades apropriadas à situação ou observá-las para registrar suas próprias percepções. Em um e outro caso, o trabalho do etnógrafo é adentrar o campo da pesquisa, por uma participação longa e intensiva, registrando cuidadosamente tudo o que ocorre no campo pesquisado, ouvindo o que é dito e fazendo indagações. Os modos sistemáticos de observar, ouvir e perguntar constituem os procedimentos de coleta dos dados desta pesquisa, que se completam também por notas de campo, entrevistas e fotos.

O Objeto da Observação

O objeto de estudo focalizou a SL de duas escolas municipais de Ensino Fundamental da cidade de São Paulo. A primeira, a mais antiga SL, criada em 1972, situa-se na Vila Olímpia; a segunda, mais recente, inaugurada em 1996, localiza-se em Interlagos. A razão de tal escolha deveu-se ao interesse em examinar os progressos relativos à interação das atividades com o espaço físico das instalações e com o tempo de sua implantação.

A clientela dessas escolas, no período da pesquisa, apresenta um perfil semelhante: são filhos de funcionários do comércio ou de prestadores de serviços (taxistas, autônomos, serviçais de condomínio). A localização, contudo, permite estabelecer uma diferença: os alunos de Interlagos circunscrevem suas atividades ao cotidiano de ruas residenciais tranqüilas; os de Vila Olímpia, ao de ruas com comércio e tráfego intensos. As classes observadas foram as de 5ª série (atualmente denominada 1º ano do ciclo II), com alunos de ambos os sexos e idade média de 12 anos.

O Espaço de Leitura

A SL mais antiga, da escola de Vila Olímpia, possui um espaço confortável e funcional, decoração atraente com quadros, murais e pôsteres. Seu acervo é rico e diversificado e a sala está equipada com aparelhos áudiovisuais e seus complementos.

A SL instalada em escola de construção mais nova, em Interlagos, integra o primeiro grupo de escolas onde foi implantado o projeto *De Mãos Dadas com a Empresa*. Recebeu o acervo inicial de 5.000 livros doados pela parceira e ostenta ao lado da porta de entrada um *totem* com o nome da sala e o logotipo da empresa e, em seu interior, um painel para seu *merchandising,* causando a impressão de que se vai entrar em um ambiente privilegiado pela modernidade e tecnologia. O painel, colocado em uma das paredes do interior da sala, é um quadrado de acrílico de 1,10m por 1,10m, com fundo de cor clara, vibrante, no qual se destaca uma figura de criança, com frase pertinente a um futuro promissor.

Painel da campanha publicitária que focalizou criança.

O painel muda de acordo com as campanhas publicitárias desenvolvidas pela empresa e alterna a figura de criança com a de jovem. O conjunto de imagens, cores e dizeres objetiva remeter o aluno para o futuro eufórico no qual ele se integra como principal participante.

Sala de Leitura Itaú — Projeto de parceria De mãos dadas com a empresa.

Esta sala possui o mesmo mobiliário da SL mais antiga (mesa do OSL e oito mesas redondas, de fórmica, com cinco cadeiras cada uma) e os mesmos equipamentos (aparelho de som, quadros de aviso, revistas, mural, varal, baú de fantasias, lâmpadas fluorescentes e ventiladores de teto). No entanto, há mais iluminação natural, pois as janelas ocupam metade da extensão de uma das paredes, há mais espaço disponível, o que permite melhor circulação e criação de um canto de leitura no piso forrado por um tapete retangular colorido, sobre o qual há uma poltrona estofada para receber autores convidados ou contadores de histórias que conversam com os alunos, que se sentam sobre almofadas ao seu redor.

Diferentemente da SL da escola mais antiga, as 12

estantes de ferro em cor verde ocupam toda a largura das paredes (apenas em uma delas há espaço para o destaque do painel da empresa), deixando os livros mais em evidência e com fácil acesso. O piso da sala é de paviflex claro, encerado, iluminando o ambiente.

Esta SL nova, voltada para um pátio interno, ocupa um lugar privilegiado em relação às SLs de outras escolas e constitui-se um local próprio ao desenvolvimento de atividades que requeiram silêncio e concentração.

O Tempo de Leitura

Nas duas escolas os alunos permanecem na sala por um período de 45 minutos por semana, estipulados no currículo, tempo no qual há uma programação (determinada mensalmente na reunião da equipe técnica à qual o OSL se reporta).

Esse horário é exclusivo para uma classe, mas há todos os dias uma hora prevista, dentro e fora do período de aulas, para consulta livre ou empréstimo de livros aos alunos e membros da comunidade. Como em biblioteca comum, os livros são emprestados segundo as regras habituais para retirada e devolução.

Em ambas as escolas, os alunos raras vezes se atrasam, pois, segundo comentaram, querem aproveitar bem o tempo. O OSL, nas duas escolas, recebe-os à porta, cumprimentando-os com animação e indicando as mesas, separando alunos de grupos que conversam muito e não se concentram no trabalho, indicação que, de um modo geral, é acatada. O início e o término das atividades são controlados pelo OSL, que dá flexibilidade para os alunos seguirem seu ritmo próprio. Entretanto, tal ritmo, na escola de aparência mais moderna, a de Interlagos, é mais intenso, dinâmico ou descontraído. Na outra, as atividades são as mesmas, mas seu andamento é mais calmo.

Além da organização do espaço (lugar delimitado para leitura, para afixar os trabalhos concluídos, e mesas numeradas), há também a do tempo (hora para ouvir a professora sobre o tema do dia, trabalhos individuais e em grupo, exposição dos resultados, manuseio dos livros nas prateleiras, retirada e devolução de livros).

Sala de Leitura Itaú — Acervo e canto para a hora da história.

Os livros do acervo circulante são levados para casa em um saquinho plástico transparente com o nome da escola. Os OSLs insistem na proteção do livro também como objeto. Essas recomendações surtiram mais efeito na classe da SL mais antiga, pois parece que o ambiente menos moderno auxilia esses alunos a se motivarem a conservá-lo.

O processo de retirada de livros pelos alunos é bastante incentivado pelo OSL, que os coloca em cima das mesas para leitura livre, suscitando sua curiosidade. Ambos criam um clima de afetividade com os alunos que, ao saírem, despedem-se amistosamente.

Comparando as duas salas, observou-se que os dois OSLs desenvolvem o mesmo programa e atividades básicas e utilizam os mesmos materiais e aparelhos. A diferença, além das motivadas pelo temperamento dos profissionais, é que o espaço mais amplo e decorado de maneira moderna da SL mais recente propicia maior facilidade de circulação dos alunos entre as mesas e as estantes, maior interação com os materiais expostos, visão de maior número de títulos e o reconhecimento das técnicas e concepções gráficas das editoras.

A Leitura no Imaginário

Quando os OSLs iniciam as atividades, o tempo e o espaço da sala ganham uma nova dimensão: a do imaginário. Este se torna o desencadeador das potencialidades, reais e virtuais, objetivas e subjetivas do aluno.

A potencialidade é, sobretudo, dinamizada pela insistência do OSL em colocar o aluno em contato direto e agradável com a linguagem (verbal ou não) para que esta se constitua prática marcante, mas natural e espontânea em seu cotidiano. Tal fato ocorre mais dificilmente em sala de aula comum — devido às exigências de avaliação de desempenho para a promoção – ou na instituição biblioteca.

Esse redimensionamento resulta da prática do OSL de fazer a interação do visível ou concreto (livro) com o virtual (leitura prazerosa), mediante os estímulos da comunicação lingüística (títulos e textos), visual ou icônica do objeto contextualizado em ambiente convidativo. Essas atividades não têm as exigências de avaliação pedidas pelo sistema escolar. Talvez por isso, as palavras e gestos envolventes do OSL constituam a sedução natural para a aprendizagem, a fim de que o imaginário encontre naturalmente nessas salas seu melhor espaço e tempo de manifestação.

O apelo ao imaginário, mobilizado pela regularidade do

espaço e tempo, norteia-se por princípios pedagógicos (vivenciados pelo OSL) e pela diversidade cultural (dinamizada nos livros) e pode oferecer, por isso mesmo, mais oportunidades para o aluno se organizar, socializar-se e sensibilizar-se para o amadurecimento e conhecimento. Essa pressuposição resultou do exame dos trabalhos apresentados no final de cada sessão, durante as dez semanas da observação, e, sobretudo, da comprovação da alegria e da boa disposição dos alunos para participar dos trabalhos, realizando as tarefas pedidas.

Demonstração e Engajamento nas Práticas de Leitura

A *demonstração* do OSL nas SLs de ambas as escolas seguiu o plano temático discutido pela equipe técnica da escola. O plano prevê o desenvolvimento do tema, em geral, durante um mês. Como agosto é dedicado ao folclore, a equipe determinou que esse tema fosse desenvolvido nas atividades desse mês. Na primeira sessão a que assisti, nas duas escolas, o OSL estava preparado para trabalhar noções de folclore, lendas e mitos.

Na SL da escola mais antiga, Vila Olímpia, o OSL deixara sobre a mesa, antes da entrada dos alunos, vários livros de histórias folclóricas, para leitura livre. Iniciou a atividade, explicando a origem e significado da palavra folclore e das criações que o constituem, referindo-se a suas várias manifestações. Os alunos exemplificaram ou deram testemunhos pessoais, citando nomes ou figuras das histórias dos livros que folheavam espontaneamente. Após a discussão das explicações, o OSL leu a *Lenda da Vitória-Régia* e, em seguida, repetiu a leitura, mostrando e destacando as ilustrações.

Ao pedir aos alunos para reescreverem a história em folhas de papel avulso e ilustrarem com desenhos, ofereceu-lhes a opção de substituir a história por outra lida em um dos livros colocados sobre a mesa. Após essa tarefa, os interessados foram para as estantes escolher livros para ler em casa.

Na SL mais nova, em Interlagos, o OSL, após explicar o sentido de folclore, lenda e mito, perguntou aos alunos quem já tinha ouvido a história do Saci. Todos responderam que já o conheciam do programa O Sítio do Pica-Pau Amarelo, da TV Cultura. A atividade centrou-se na leitura livre de Monteiro Lobato e discussão sobre a contextualização do Saci em São Paulo, pedindo-se, depois, uma redação sobre o tema. A escola proporcionou aos alunos, no dia seguinte, um espetáculo com profissionais de teatro infantil, que focalizou a personagem Saci. O OSL demonstrou estar integrado na programação geral da escola, assim como sensibilidade para preparar os alunos para o melhor aproveitamento desse evento, como pude comprovar pela reação e interação deles com o espetáculo.

Setembro teve como tema a Pátria. A equipe técnica propôs o estudo da monarquia brasileira, considerando D. Pedro I a imagem histórica do realizador da Independência. A esse tema seguiu-se o histórico dos grandes feitos políticos a partir da Independência. Os livros colocados sobre as mesas eram de referência e o OSL dirigiu a pesquisa a fim de que os alunos reconhecessem as mudanças. A discussão levantou problemas sociais, econômicos e políticos, apresentando como tarefa uma redação sobre o Brasil no qual gostariam de morar.

Outubro contemplou o tema dos brinquedos e brincadeiras. A pesquisa dos alunos centrou-se na história dos brinquedos de rua, por meio de entrevistas de pessoas mais velhas para indagar a história dos brinquedos de antigamente. Em seguida, na leitura de livros, complementada pela audição de histórias de ninar e cantigas de roda, para recolher das pessoas da família relatos orais sobre a memória dessas composições.

Finalmente, os alunos leram livros interativos e cada grupo produziu um livro.

A temática de novembro focalizou o gênero poesia e escolheu-se para ilustrá-lo Cecília Meireles. Pesquisou-se, primeiro, sua biografia com fotos; depois, passou-se para a leitura de alguns de seus poemas feitos para crianças; em seguida, sessões de declamação ou leitura expressiva, procedendo à sua interação com a música. Cada aluno copiou os poemas que mais apreciou para criar uma coletânea, acompanhada de representação plástica. Na SL mais nova, os alunos acrescentaram à atividade de recortar poemas reproduzidos em xerox para compor outros e lhes dar novos títulos. Os trabalhos foram lidos e causaram várias surpresas, alguns pela criatividade poética, outros pelo engraçado da composição.

Durante as dez sessões de observação do OSL e dos alunos, nas duas SLs, notei que a programação mensal das atividades variava conforme o tema, mas constava de vários atos que se repetiam, constituindo uma prática constante em ambas:

— colocar antecipadamente livros sobre a mesa;

— escolher música de fundo de acordo com o tema do dia, para criar o que chamam de ambientação;

— receber os alunos à porta e indicar o espaço em que vão trabalhar, com o cuidado de separar os grupos que possam interferir negativamente nas atividades;

— iniciar os trabalhos com a leitura de um texto (breve) ou de um livro, cujo assunto tenha relação com o tema do mês, para depois ampliá-lo;

— ler as histórias, chamando a atenção para a linguagem, o conteúdo e as ilustrações;

— fazer perguntas para ativar a interação dos alunos com o tema e a contextualização em seu cotidiano;

— franquear-lhes o material de desenho e pedir trabalhos sobre o livro lido, a fim de estimular a conversarem sobre o tema com o grupo da mesa, planejarem e executarem sua reprodução, fazerem ilustrações e apresentarem oralmente a história para a classe ou no varal de exposição de trabalhos;

— motivá-los no final da sessão a retirarem livros por empréstimo, indicando os gêneros ou títulos do campo temático tratado e sua localização nas prateleiras;

— controlar a devolução dos livros no início da sessão e a retirada, no final. Os alunos esperam, sentados, que o OSL os chame seguindo a ordem das mesas. O OSL insiste em que só se pode retirar ou devolver livros nos saquinhos plásticos apropriados;

— permitir a retirada somente de um livro por vez e nunca os de referência, embora estes possam ser levados para a sala durante seu período de aula.

Na organização de todos os programas há atividades constantes, como leitura e escrita; variam apenas os gêneros ou algumas atividades que se alternam ou interagem, como a hora da história, da poesia, do jornal. Fora do horário estipulado no currículo, há consultas bibliográficas ou empréstimo de livros.

Os temas repetem-se em todas as classes de todas as escolas e se norteiam por dois objetivos: integrar o aluno em um contexto cultural amplo, mas circunscrito ao estabelecido pelo calendário escolar e seus componentes curriculares, e levá-lo a compreender e distinguir os gêneros ou as formas diversificadas de comunicação. O tratamento dado a esses temas depende do repertório e do temperamento do OSL

É a interação do tempo e do espaço com os objetos e, sobretudo, com a própria pessoa da OSL — seus gestos, expressões faciais, palavras e tom de voz — que possibilita o *engajamento* dos freqüentadores da SL em novas experiências. Para que isso ocorra, o OSL necessita de um *querer-fazer* afetivo (gostar da função), cognitivo (formação em Magistério, capacitação e atualização em conhecimentos gerais e específicos) e interativo (personalidade dinâmica) para motivar o aluno a outro *fazer*: descobrir o mundo e nisso encontrar prazer.

As diferenças de demonstração desse fazer, notadas no desenvolvimento das atividades básicas, devem-se ao temperamento e ao repertório cultural do OSL das duas escolas. O OSL da escola da Vila Olímpia, apesar de trabalhar em ambiente menos moderno e acervo não tão atualizado quanto o da escola de Interlagos, mostra que a motivação para conduzir as atividades se alimentou mais de sua própria energia. A experiência na função e os conhecimentos gerais sustentaram seu dinamismo pessoal, sua segurança na direção das atividades e na geração de entusiasmo em seus alunos. Parece que a sala tem como centro sua pessoa, o ambiente físico serve a seu trabalho.

O OSL da escola mais moderna, em Interlagos, por ter — como disse no questionário que lhe foi apresentado — menor repertório e menos experiência na função, serve-se do ambiente para dinamizar as atividades com os alunos. Parece que o ambiente moderno, colorido e novo desperta o interesse e a curiosidade de todos, OSL e alunos.

Salas de leitura, bibliotecas ou mesmo livrarias têm sua função no planejamento cultural de qualquer cidade, todavia, o mais importante não é o ambiente físico ou sua decoração, mas o agente cultural que o dinamiza.

Considerações Finais

A mesma noção de leitura, aquela que se inicia ao ler o mundo, dirigiu a sensibilidade dos dois OSLs em seus trabalhos. Suas atividades de *demonstração* para o *engajamento* dos alunos objetivaram a interação dos processos perceptivos, cognitivos, lingüísticos e socializantes.

As observações das atividades nas duas SLs e a leitura dos questionários respondidos pelos alunos demonstraram que a dinâmica nas duas salas nem sempre foi a mesma ou produziu os mesmos resultados.

Os processos *perceptivos* dos alunos foram desenvolvidos por três tipos de estímulos:

— sonoros e visuais produzidos pelas atividades do OSL

— atualizados em sua fala, com suas particularidades de modulação e entonação; nas músicas cantadas, com seu ritmo e melodia; em sua figura, com seus gestos e expressões faciais;

— sonoros e visuais causados pela materialidade do ambiente físico — da sala; luz, cor, disposição de estantes plenas de livros, cartazes, mesas e cadeiras, evidenciando organização do espaço para dar conforto e tornar atraente o ato de ler;

— tácteis — promovidos pelo contato físico do aluno no manuseio livre com os livros.

No período de observação, esses estímulos não foram desenvolvidos da mesma maneira. O OSL da SL mais antiga utilizou os recursos próprios de sua personalidade e conhecimentos gerais; o da mais recente, tendo recursos de ordem material melhores, mas não os conhecimentos, não conseguiu que seus alunos apresentassem resultados semelhantes em aproveitamento, interesse e disciplina.

Considerando que ambos tiveram o mesmo treinamento e programação para explorar os textos dos livros e dinamizar as atividades na sala, conclui-se que os estímulos mais importantes para a ação cultural de leitura são criados pela atividade humana. Nesse caso, deve existir, certamente, um *poder* e um *saber* produzir estímulos para gostar de ler, confirmados por diretrizes que nomeiam e capacitam orientadores, mas estes necessitam de um *querer* e um *dever* usar tal *poder* e capacitação. O próprio OSL da escola mais nova, a de Interlagos, explicitou, em seu questionário,

88

possuir a modalidade virtualizante do *querer*, mas não ter recebido a atualizante do *saber* mais amplo acerca da dinâmica das atividades.

Os processos *cognitivos* estiveram presentes no uso das técnicas de motivação dos OSLs: focalizavam assuntos da atualidade e os complementavam, articulando-os a outros de experiências anteriores. Também nesse caso, os conhecimentos e o repertório no campo da arte, como desenho, música e literatura, assim como a experiência de interpretação, marcaram a dinâmica das atividades do primeiro OSL (escola mais antiga), capacitando-o para o trabalho com os alunos. O segundo OSL (escola mais recente), por falta do mesmo repertório, realizou as tarefas como obrigatórias e não criativas, preso às sugestões da equipe técnica.

Os alunos realizaram os processos *lingüísticos* no contato com o texto, primeiro, pela abordagem do OSL, depois, na discussão com os colegas do grupo e, finalmente, nos exercícios de recriação de suas formas de comunicação e conteúdos temáticos.

Ambos os OSLs utilizaram os textos unicamente para atividades lúdicas, pedindo aos alunos que os recriassem, modificando as características de personagens ou de situações e fazendo interação com outras formas de expressão não lingüística, como desenho, colagem e recortes.

Tais atividades, contudo, não exploraram as estruturas lingüísticas e as variedades estilísticas de gênero de cada texto, assim o professor de Língua Portuguesa não interagiu com os trabalhos do OSL, porque o objetivo deste é privilegiar a fruição da leitura.

Os processos *socializantes* foram reconhecidos nas atitudes dos dois OSLs que se nortearam por regras sociais explícitas, motivando o aluno a aprender a trabalhar em grupo, a conservar os livros, guardando-os em seus lugares ou levando-os para casa em saquinhos, a observar as ordens para se comportarem na hora da entrada ou da saída da sala. O OSL da escola mais antiga teve mais êxito, porque se mostrou mais calmo e seguro em suas atividades.

A SL deve ser ambiente claro, arejado, com acervo diversificado, rico e atualizado, e aparelhos que permitam interação com outros meios de comunicação. Entretanto, estas não são condições suficientes; importa mais que OSL tenha personalidade sensível e experiência funcional.

É imprescindível que o OSL goste de ler o mundo e livros, goste dos alunos, de seu trabalho e de si próprio, que receba capacitação que inclua noções de aprendizagem de leitura e literatura, artes, teorias da comunicação e semiótica (signos, formas, cores, diagramação, e outros que compõem a materialidade do livro ou suas formas de expressão), pedagogia e psicologia infantil.

A SL das duas escolas transmite *afetividade*; seus OSLs conhecem seu aluno pelo nome, convivem com ele o ano inteiro e têm como objetivo a sedução desse aluno ou, como afirma um deles, sua *conquista*.

Os vínculos afetivos são facilitados pela ausência de avaliação por nota, pelos conteúdos das obras, por outros meios de comunicação, ligados a experiências pessoais do OSL e dos alunos.

As atividades na SL são variadas em conteúdo, forma e materiais e na abordagem dos livros e outros meios de comunicação. Os encontros ocorrem sempre no mesmo espaço, a sala, que forma um contínuo com as outras salas de aula e com o espaço total da escola. Diferencia-se, porém, destes, porque apresenta um cenário menos impessoal, abrigando obras nas quais se encontram muitos anseios da infância e da adolescência, respostas para a curiosidade ou para a ilusão.

As opções de tempo para o aluno, sua família ou amigos freqüentarem a sala garantem-lhes a conquista da cultura ou do *refúgio na fantasia*, como revelou um aluno no questionário.

É preciso conhecer as *polaridades* do mundo e do homem. Livros, fitas de vídeo, músicas, imagens, teatro, jogos aparecem na SL como polarizações do *fazer* no mundo. Heróis e heroínas, mocinhos e bandidos, bruxas e fadas, adultos e crianças, atores e atrizes, o Bem e o Mal, a coragem e o medo são contradições vividas na sala ou na leitura dos livros, para compreender o que é *ser* homem e a complexidade de sua natureza.

Laís Piovesan

REFERÊNCIAS BIBLIOGRÁFICAS

ECO, Umberto (1993). *Interpretação e superinterpretação.* São Paulo: Martins Fontes.

GAMARRA, Pierre (1974). *La lecture: pour quoi faire?.* Paris: Casterman.

LAJOLO, Marisa e ZILBERMAN, Regina (1996). *A formação da leitura no Brasil.* São Paulo: Ática.

OSAKABE, Haquira (1982). "Considerações em torno do acesso ao mundo da escrita". AGUIAR, V.T. *et al. Leitura em crise na escola: as alternativas do professor.* Porto Alegre: Mercado Aberto.

PARRET, Herman. (1996). "A verdade dos sentidos: aula de semiótica lucreciana". SILVA, Ignácio A. *et al. Corpo e sentido.* São Paulo, Unesp.

PROAC - PROGRAMA DE APOIO COMUNITÁRIO DO BANCO ITAÚ (1997). *Comunidade, presente! Conheça o PROAC.* São Paulo: Itaú, dez.

SÃO PAULO — Secretaria Municipal de Educação (1978). *Programa Escola Biblioteca.* Publicação S.M.E. n. 20.

SMITH, Frank (1989). *Compreendendo a leitura: uma análise psicolingüística da leitura e do aprender a ler.* Porto Alegre: Artes Médicas.

SORIANO, Marc (1975). *Guide de littérature pour la jeunesse.* Paris: Flamarion.

.SOARES, Magda B. (1995). "As condições sociais da leitura: uma reflexão em contraponto". ORLANDI, Eni P. *Leitura: perspectivas interdisciplinares.* São Paulo: Ática.

SPRADLEY, James P. (1980). *Participant observation.* Holt: Rinehart and Winston.

TATIT, Luis (1996). "Corpo na semiótica e nas artes". SILVA, Ignácio A. *et al. Corpo e sentido.* São Paulo: Unesp.

STRÔNGOLI, Maria Thereza e PIOVESAN, Laís S. (2000). "Espaço e tempo para a conquista do prazer de ler". *Pátio — Revista Pedagógica*, ano IV, n. 15, nov. 2000/jan. 2001. Porto Alegre: Artmed, p. 42-6.

ZILBERMAN, Regina e SILVA, Ezequiel T. (1995). "Leitura: por que a interdisciplinaridade?". ORLANDI, Eni P. *Leitura: perspectivas interdisciplinares.* São Paulo: Ática.

TERCEIRA PARTE

COMUNICAÇÃO COMPUTACIONAL

O mercado de informação só
atingirá seu potencial pleno
quando a interação entre humanos
e máquinas se tornar mais eficiente
do que é hoje e mais próxima da
comunicação entre humanos.

M. Dertouzos (1997)

A afirmação de Michael Dertouzos causa bastante apreensão, pois, nas últimas décadas, usuários e professores têm se confrontado contínua e sucessivamente com os desafios das invenções tecnológicas sem estar conscientes da natureza de sua interação com a máquina e sua tecnologia. A técnica nasceu quando o homem primitivo percebeu que determinado objeto poderia servir a ele como instrumento facilitador do cotidiano, conferindo-lhe um caráter de progressividade. Após a Segunda Guerra Mundial, esse termo foi substituído pela palavra *tecnologia* para designar um conjunto de procedimentos modernos com cunho científico, dos quais resultou a informática. As novas tecnologias tornaram-se o mito da modernidade porque, anunciando o novo, apontam a sedução do progresso. O homem participa, assim, do *status* de criador da tecnologia, quando sabe e pode utilizar suas vantagens e facilidades.

Este texto, partindo de algumas reflexões acerca do uso do computador e de seu impacto sobre a escola, analisa um programa educativo bastante utilizado na rede de ensino: *Creative Writer*.

IMPACTOS DO COMPUTADOR
E NÚCLEOS DE SEU ENSINO

Há mais de 50 anos, surgiu a máquina que revolucionou a comunicação no mundo: o primeiro computador totalmente eletrônico, digital e de aplicação geral, o ENIAC, que nos anos seguintes, transformou-se em microcomputador. Desde então, a informática invadiu todos os setores em que operam máquinas: indústria, comércio, banco, telefonia, rede elétrica e outros. O microcomputador torna-se um marco na evolução tecnológica e vem respondendo com sucesso às necessidades e características de todas as áreas.

Devido às facilidades e perspectivas que oferece, escolas de países avançados em tecnologia começaram, a partir da década de 60, a utilizá-lo, primeiramente, na área administrativa e, no final da década de 70, na área pedagógica. Desse modo, o computador passou a intervir na forma de transmissão de conhecimento e obrigou a escola a rever sua pedagogia e formas de transmissão do saber, pois, segundo Pierre Lévy (1993), sua tecnologia proporciona nova maneira de comunicação e, interferindo na representação do mundo, constitui-se uma das peças-chave da globalização.

A relação da informática com a educação intensificou-se em 1980, quando Seymor Papert criou um dos mais conhecidos programas, a linguagem LOGO, para auxiliar no desenvolvimento de habilidades de resolução de problemas de matemática. As pesquisas indicam que, em 1984, 70%

das escolas norte-americanas usavam microcomputador para fins educativos; em 1985, a França tinha 160.500 professores treinados nessa área e seus estudantes tinham acesso a 160.000 microcomputadores. No Brasil, nesse mesmo ano, o computador era usado em apenas algumas escolas da rede privada do sul do país e nas grandes universidades (De La Taille, 1995).

Embora o computador, no Brasil, surgisse com a aura de motivador de progresso e modernidade e desse a seu usuário o *status* que configura inteligência e habilidade, tem encontrado dificuldade para participar de maneira eficiente do sistema escolar. Boa parte dos professores, não tendo recursos financeiros para adquirir equipamento e receber treinamento que os habilitem a usá-lo, não se entusiasmam a considerá-lo meio pedagógico pertinente. Entretanto, considerados pelos alunos, até então, detentores únicos do saber, dividem, hoje, com o microcomputador esse papel, pois, por mais habilitados que sejam, não têm a capacidade de armazenamento de dados e não estão à disposição 24 horas. O aluno, habitualmente passivo em sala de aula, torna-se, na interação com o computador, o iniciador e o agente do processo pedagógico: liga o micro nos horários que mais lhe interessa e busca as informações que deseja. O computador, transformado em banco de dados, tem rapidez de desempenho e resolução, o que o torna um novo deus com o qual o professor não pode competir.

A escola, por sua vez, considerada a instituição primordial na transmissão de informações, enfrenta hoje vários concorrentes, sobretudo, a mídia. Tal situação levou à criação de cursos específicos, dentre os quais, os de informática.

Em São Paulo, os mais conhecidos centros de pesquisa que criam e divulgam *softwares* educativos são a Escola do Futuro*, da USP, e o Núcleo de Informática Educativa —

---

*) Todos os dados referentes a esses centros, inclusive os estatísticos, datam de 1999.

Nied, da Unicamp, e as escolas pioneiras na aplicação desses *softwares*, a Future Kids e a Tecnologia Educacional Comercial — Trend.

A Escola do Futuro, fundada, em 1988, na Universidade de São Paulo, pelo professor Frederic Litto, dispõe de um laboratório interdisciplinar de pesquisa que tem como meta investigar tecnologias de comunicação e suas aplicações educacionais. Firmou convênio com o jornal *O Estado de S. Paulo*, a Trend e com 22 escolas, entre as quais o Colégio Bandeirantes, o Centro Cultural Brasil-Estados Unidos (CCBEU) e a Escola Técnica Estadual Prof. Camargo Aranha. Possui um Centro de Capacitação e Treinamento no qual são oferecidos cursos de formação contínua para professores de ensino médio e superior e profissionais de empresa interessados em desenvolver projetos de treinamento, usando as novas tecnologias em educação. A Escola do futuro possui página na WEB e *site* completo, inclusive com biblioteca virtual.

O Núcleo de Informática Aplicada à Educação — Nied foi criado em 1983 pela Universidade Estadual de Campinas e institucionalizado em 1991. Vinculado diretamente à Coordenadoria de Centros e Núcleos Interdisciplinares de Pesquisa — COCEN, seu objetivo é a pesquisa sobre o uso e o potencial do computador como ferramenta educacional.

A Future Kids foi fundada em 1983, em Los Angeles, EUA, com o objetivo de introduzir a informática na escola. Possui cerca de 3 mil unidades franqueadas em mais de 90 países, atendendo aproximadamente 3 milhões de usuários. No Brasil, desde novembro de 1992, possui 124 unidades franqueadas, atendendo a mais de 40 mil usuários em centros de atuação e em escolas privadas ou públicas conveniadas.

A Trend, fundada em 1992, no Rio de Janeiro, desenvolve parceria com 198 escolas, em 17 Estados, atendendo 200 mil usuários. Seu projeto considera o microcomputador poderoso recurso didático para desenvolver o raciocínio lógico, a organização do pensamento e a criatividade. O projeto de parceria prevê o envolvimento de toda a comunidade escolar, buscando a integração curricular, sem perda de autonomia.

Os laboratórios de informática das escolas da rede municipal de ensino de São Paulo vêm recebendo assessoria desses centros desde 1994.

ANÁLISE DO *SOFTWARE* EDUCATIVO *CREATIVE WRITER*

A linguagem da informática é complexa, pois funciona por meio de dois sistemas: o *hardware* e seus componentes; o *software* e seus programas interativos. As mensagens enviadas por esses sistemas e as criadas por seu usuário ficam armazenadas em um dos componentes do *hardware,* a memória. Os dois sistemas somente funcionam se um interagir com outro, e suas operações podem ser descritas, de forma bastante simplificada, como:

1. o usuário envia comandos para o *software*;
2. o *soft* os interpreta e os converte em instruções formadas de números binários que envia a um dos componentes do *hardware,* o processador;
3. o processador processa as instruções recebidas e as devolve ao *soft* que as lê, transcodifica e as coloca na tela do computador;
4. o usuário recebe a mensagem, verifica se seus comandos foram executados conforme o desejado e dá ou não continuidade à sua interação.

Nesse processo, o *hardware* não cria nada, é programado apenas para processar as instruções recebidas do *soft* e a proceder ao armazenamento de todas as instruções: as operacionais e as que o usuário envia para o banco de dados. O *software* também não cria, é programado para receber e ler comandos, transformá-los em instruções na linguagem própria do *hardware* e ser o mediador entre este e o usuário.

As atividades criativas no computador dependem, portanto, do ser humano em várias funções: de um lado, o fabricante das peças (firmas multinacionais) e as empresas ou o técnico que constroem os aparelhos de *hardware* e lhes dão assistência; de outro, o programador (empresas) que cria os programas ou *softwares*. São esses produtores, pesquisadores, especialistas e técnicos que decidem e designam os tipos de comando, a velocidade da leitura e suas respostas ou a linguagem que será utilizada em todo o processo computacional.

O usuário deve ajustar sua linguagem àquelas que determinam as operações do *soft* e do *hardware*, caso contrário, não há comunicação, pois o sistema comunicacional do computador é fechado, não possibilita intervenções livres.

Apesar da complexidade de sua linguagem, o mundo atual recebeu o computador como o seu mais maravilhoso brinquedo, mesmo sabendo que sua manipulação exige esforço para chegar ao prazer de dominar suas mensagens. Todo brinquedo, por natureza, é lúdico, motiva vários jogos, aceita ou pede participantes, impõe regras, implica competição e comandos e se realiza em um espaço e tempo determinados.

O *software* educativo traz para dentro da sala de aula o lúdico: os usuários sentem-se motivados a brincar com ele e a aceitar seus desafios. Vários *softwares,* lançados no mercado brasileiro com objetivos educativos, constituem-se, por suas ilustrações, sonorização e dinâmica, realmente jogos de aprender.

O *Creative Writer* tem o objetivo de levar os usuários a criarem redações de forma espontânea. Escolhido por ser um programa muito utilizado em escolas e por contemplar a aprendizagem da língua e da fala do cotidiano, utiliza-se de recursos audiovisuais, lingüísticos, lúdicos e interativos.

Foi criado pela *Microsoft Corporation*, em 1995, e traduzido para a língua portuguesa em 1996. É composto de imagens e mensagens com explicações, perguntas, sugestões e ordens, para auxiliar o usuário a criar idéias, desenvolver temas e transformá-los em textos.

Em suas telas aparecem figuras humanas e de animais, paisagens, cenários e objetos em cores vivas, formas e ícones articulados a frases ou palavras que visam despertar, no aluno, o sensível para que ele chegue mais facilmente ao inteligível e distinga, classifique e dê sentido à multiplicidade de seus códigos.

A comunicação do ser humano é descrita pelas ciências da comunicação e pode ser sintetizada em um esquema bastante simples:

remetente $\rightarrow$ mensagem $\rightarrow$ destinatário

Nos *softwares*, os agentes implicados no processo computacional produzem suas mensagens, seguindo o princípio desse esquema, mas suas operações são mais complexas. Para facilitar a análise que focalizará o funcionamento do *Creative Writer* e a complexidade de sua interação, descrevem-se as funções dos agentes humanos no funcionamento tecnológico dos aparelhos do sistema computacional, dando-lhes as seguintes denominações:

— *remetente*: é o ser humano que cria, envia e recebe, por meio de uma ou várias personagens, as mensagens específicas da programação do *software* educativo;

— *emissor*: é o responsável pelas mensagens padronizadas que auxiliam o usuário a enviar comandos, por meio da programação do *software* (que comporta a linguagem do *soft* educativo), para os componentes do *hardware*. É o ser humano que controla o funcionamento do sistema computacional, independentemente das mensagens do programa educativo. Por isso, sua fala é interpretada como a voz que representa tanto o programa do *software,* como as atividades de processamento do *hardware.* O emissor traz, portanto, a voz da operacionalização interativa de todo o sistema, por isso, muitas vezes o remetente, que se manifesta por meio de suas operações, usa seus termos.

— *usuário:* é o aluno que recebe as mensagens de ambos, *remetente* e *emissor* e com eles interage.

A complexidade dessa comunicação pode ser simplificada, acompanhando o esquema acima, da seguinte forma:

	mensagem operatória	↔	emissor
USUÁRIO			↑↓
	mensagem criativa	↔	remetente

Havendo duplicação de processos de comunicação, o usuário necessita estar capacitado para interagir com dois tipos de mensagens: as do emissor *hardware* e *soft,* que exigem conhecimentos específicos e treinamento, e as do remetente do *soft* educativo *Creative Writer,* que exigem conhecimento do código lingüístico e habilidade para ler, interpretar e escrever.

Os processos computacionais de qualquer *soft* pedem interação simultânea: o usuário somente entenderá a comunicação do remetente se decodificar a comunicação do emissor. Como uma não se processa sem a outra, o usuário deve dominar o gerenciamento das informações previstas nos códigos de ambas.

Assim, o emissor e o remetente exercem seus fazeres persuasivos, utilizando a dimensão pragmática, ou seja, a atividade interativa. O usuário exerce seu fazer interpretativo e criativo, dinamizando a dimensão cognitiva. A função do emissor é garantir que a mensagem do remetente, responsável pela mensagem educativa, seja recebida a contento pelo usuário.

Para compreender esse jogo interativo, utilizam-se os processos de manipulação, descritos pela semiótica discursiva (Algirdas J. Greimas e Joseph Courtés, 1979) para caracterizar a ação do homem sobre outros homens. Trata-se de um fazer-fazer que predomina na interação de todos os agentes desse processo comunicacional, constituindo contratos que vão se reger por regras atualizadas por quatro modalidades manipulatórias:

1. *fazer-fazer*: o emissor tem um fazer que leva o usuário a fazer algo para interagir com ele. Em geral, o primeiro fazer do emissor é seduzir o aluno pela aura da tecnologia que ele recebe da sociedade moderna, depois é fazê-lo ter vontade de teclar, clicar ícones e chamar o remetente do *software* que, abrindo a tela, dará início à comunicação;

2. *fazer-não fazer*: o fazer do emissor implica, para o usuário, um não-fazer nada sozinho, ou seja, o usuário não pode enviar comandos para o *hardware*, pois precisa chamar o *soft* e seu remetente para integrar-se no processo comunicativo próprio do computador. Esse fazer-não fazer pode significar para muitos alunos um desafio que os leve ao querer-fazer;

3. *não fazer-fazer*: o emissor *hardware* não propõe nada para o usuário fazer, pois não sabe se comunicar com ele. Somente o emissor do *soft* tem mensagens que o usuário reconhece. Entretanto, se este tem dúvidas, que não são contempladas por essas mensagens padronizadas, ocorre um não-fazer fazer, porque nenhum dos dois emissores (*hardware* ou *software*) tem mensagens próprias. Somente o técnico ou instrutor de computação tem esse fazer (esclarecer dúvidas não contempladas nas mensagens programadas).

4. *não-fazer não-fazer*: não dominando outras linguagens e não tendo criatividade própria, o emissor não faz nada que impeça o usuário de não-fazer também nada, pois, como máquina, é impotente. Não havendo comunicação, não há

fazer interativo, assim, o emissor nada faz para impedir o desligamento do aparelho.

Aberta a tela do *Creative Writer*, o usuário inicia sua interação com uma personagem instalada pelo remetente para convidá-lo, na tela, a exercer seu saber de iniciante. A personagem, cujo nome é McZee, é um adulto com aparência descontraída, quase cômica, vestida de forma informal e com um livro na mão, postado na ponta de um trampolim, tendo ao fundo um céu azul, no qual se destacam nuvens brancas.

A observação das regras leva ao cumprimento do objetivo principal do programa educativo: interagir com o usuário para fazê-lo exercer sua atividade cognitiva e cumprir os contratos estabelecidos. Para examinar como ocorre a interação de McZee com o usuário, utilizam-se os quatro objetivos descritos por Patrick Charaudeau (1996: 30-6) para o estudo da comunicação da mídia:

1. *informativo* (fazer-saber): McZee faz o usuário saber o funcionamento do programa;
2. *persuasivo* (fazer-crer): McZee faz, pela persuasão de sua mensagem amigável, o usuário crer que sabe manipular esse programa;
3. *factitivo* (fazer-fazer): McZee faz o usuário agir: ler, selecionar, teclar, clicar e escrever;
4. *sedutor* (fazer-prazer): McZee faz o usuário conseguir sucesso na interação para ter prazer e manter a máquina ligada, ou seja, o emissor ativo.

A manipulação não pretende, pelo menos no início do programa, impor atividades, mas oferecer inúmeras opções. Faz parte do jogo do remetente delegar decisões. Entretanto, os códigos e os signos utilizados introduzem o usuário em um ritual de interatividade que o obriga a seguir rigorosamente o percurso indicado, sem o qual não chegará a lugar ou a tela alguma. Deve ler, interpretar, comparar todos os tipos de ícones e reagir a eles.

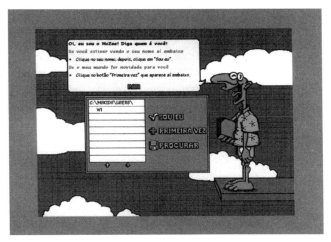

Figura 1.

O primeiro contato verbal do remetente McZee com o usuário configura-se como uma expressão de chamamento: *Oi!* (Figura 1) com o significado de saudação, normalmente usada para cumprimentos informais em situação de afetividade. Como o *software* é destinado a um público infantil e jovem, a expressão pretende motivar o usuário a abrir de maneira afetiva seu canal de recepção de mensagens para interagir com o programa. Tal opção se justifica porque a informalidade e a afetividade espontânea do remetente equilibra a natureza "fria" do emissor, própria de máquina.

A figura de McZee e o cenário esportivo remetem para o lúdico e para a imaginação. O processo enunciativo configura-se como brincadeira e transforma o discurso em convite agradável para a interação do usuário com o remetente, projetado na personagem que se apresenta formalmente: *Eu sou McZee*. O remetente abre o canal comunicativo de forma simpática, mas sutilmente autoritária, pois na frase seguinte não pergunta, usa o imperativo: *Diga quem é você!*

Nessa primeira cena (Figura 1), a apresentação de McZee (sobre o trampolim e com um livro na mão) é a manipulação do remetente para seduzir o aluno pelo inusitado do cenário, estranho ao cotidiano da escola. Quem aceitar acompanhar McZee na aventura de saltar do alto do trampolim é forte, destemido e gosta de desafios, pois as nuvens e o céu azul que compõem o cenário estão revestidos do simbolismo de liberdade, aventura, sonho ou fantasia. O elemento surpresa da sedução é o fato de o livro e a folha de papel pautado (colocada em destaque nesse cenário) indicarem que a aventura situa-se no contexto escolar.

As telas de um *software* proporcionam mais interatividade motora que um livro, entretanto, pouco se diferenciam quanto à necessidade de interpretação. O contrato para se alcançar o fazer-saber e o fazer-prazer pede que o usuário leia todos os signos na tela e reconheça os símbolos que dizem respeito a seu contexto, interpretando-os como modelos de comportamento valorizados pelo grupo social. As sutilezas do discurso autoritário e do sentido das imagens, nesta cena, cumprem o contrato do *software* educativo com a pedagogia.

Todo jogo pressupõe interação com o tempo e o espaço. Para o *Creative Writer*, os espaços são uma cidade chamada Imaginópolis e, nesta, o prédio indicado como Biblioteca Maluca. O espaço é o da criação de idéias; o tempo, o do cultivo da memória registrada em livros. A memória constitui-se das experiências da vida social e das criações do imaginário, consideradas o patrimônio cultural pelo remetente adulto, mas apresentadas aos jovens, na tela (Figura 2), como um prédio com forma engraçada. Pressupõe-se na criação dessa tela três intenções no remetente: 1. interpretar a visão irônica que o jovem tem em face do passado; 2. disfarçar suas intenções pedagógicas; 3. seduzi-lo para, conhecendo esse passado, querer renová-lo. Tais intenções se acentuam no tratamento divertido que dá à designação "Biblioteca Maluca" e à desordem engraçada dos objetos que a compõem nas cenas das telas seguintes.

A comunicação no *software* não obedece a uma seqüência regular ou cronológica, mas faz uma ação gerar outra mediante tentação e intimidação (fundamentadas em poder) e sedução e provocação (positivos da sociedade, razão pela qual prefere as modalidades de sedução e de tentação). Assim, McZee propõe contratos que podem ser aceitos ou não pelo usuário em seu fazer interpretativo, mas seu fazer persuasivo está sempre apoiado no fascínio do poder exercido pelos recursos do computador, enquanto o fazer interpretativo do usuário, fundamenta-se cada vez mais na modalidade do querer-saber como adquirir competência para chegar ao poder-fazer.A consciência da carência de energia própria para sobreviver como falante obriga o remetente a usar a voz do emissor e a empregar o máximo possível de processos de sedução. Dirige ao usuário mensagens a fim de convencê-lo da impossibilidade de viver sem o computador, manipulando-o pela tentação de alcançar um fazer eficiente e fácil ou um saber-ser moderno.

Figura 2

O jogo de ir e vir de mensagens, a manipulação ora pelo sensível, ora pelo inteligível para a aquisição de informações formam uma circularidade comunicacional entre o usuário e McZee ou outras personagens. O usuário não interage com o emissor por meio de sua fala comum, mas por movimentos motores marcados pela diretividade e unicidade exigidas pela natureza de máquina do emissor, o que pede treinamento operacional, conhecimento de códigos, controle de motricidade e disciplina pessoal, assim como percepção das modalidades sutis de solicitação, interação, regulação e retroalimentação do emissor. Este não privilegia atos de abstração, sentimentos ou raciocínio, mas gestos concretos, práticos e repetitivos.

Charaudeau (1998: 26) observa que a aquisição do saber cria o espaço "onde circulam os discursos de verdades e crenças". Relacionando essa observação com a demonstração de saber do remetente e sua personagem, nota-se que seu saber-fazer evidencia competência e dá a ambos credibilidade, enquanto seu poder-fazer conota a legitimidade sócio-institucional de suas ações. Nessa credibilidade e legitimidade está o grande poder de sedução do computador.

No *Creative Writer*, tal poder explica como se consolida a interação do computador com o usuário: à medida que o programa avança, os procedimentos sedutores do remetente vão delimitando as opções desse usuário até colocá-lo em um ponto no qual seu fazer-escrever é extremamente controlado pela diretividade de uma voz autoritária: a computacional.

Por sua vez, o usuário, na interação com o remetente, iniciada com o querer-saber operar a máquina e completada ao dominar os processos de decodificação, assimilação e automatização dos comandos, chega à constatação de sua dependência e submissão a regras e normas instituídas por um poder maior: o gênio e a inventividade do Homem.

O aluno-usuário defronta-se com o mundo do adulto representado na equipe técnica, criadora dos componentes do *hardware* e dos programas do *software,* atualizada no *Creative Writer* por: produtor, diretor, coordenador das atividades, autor das mensagens lingüísticas e dos desenhos, diagramador, responsável pela sonorização e animação, diretor de *marketing* e de divulgação.

Tais pessoas, porém, somente se realizam como agentes ativos no sistema computacional se suas atividades integrarem a comunicação humana com a da máquina. Como tais circuitos de comunicação integram-se em um sistema mais complexo e interativo, o *marketing,* que promove o progresso do *hardware* e a multiplicação dos *softwares,* todos os produtos computacionais são criados para logo desaparecer.

Na complexidade desses circuitos espaciais e temporais, encontra-se o professor, participante ativo no jogo do inteligível e do sensível, cuja meta é a educação. As informações dadas pelo computador instruem e geram motivação para a busca de outro conhecimento, mas o aluno sabe que, se esse computador é herdeiro da inteligência e da criatividade do ser humano, não o é de sua sensibilidade e afetividade. O exame das mensagens do *Creative Writer* demonstra que os *softwares* estruturam-se à imagem e semelhança do homem: seu emissor, como qualquer comunicador, precisa se apropriar dos sistemas de signos e princípios de narratividade existentes para comunicar-se de forma pertinente. A função do professor, nesse jogo, é orientar e dinamizar a transformação dessas informações em aprendizagem e conhecimento útil, pois sua interação pessoal e acento afetivo são indispensáveis para a assimilação de todo e qualquer saber.

Se a comunicação do *software* educacional é criada como jogo e se no primeiro tempo a máquina vence o usuário, no final, o vencedor é o homem. Afinal, não é ele o inventor e supridor das carências de todas as máquinas?

Magda M. Gardelli Colcioni
Maria Thereza de Q. G. Strôngoli

REFERÊNCIAS BIBLIOGRAFIAS

AUSTIN, John L. (1990). *Quando dizer é fazer. Palavras e ação.* Porto Alegre: Artes Médicas.

BARTHES, Roland (1957). *Mythologies.* Paris: Seuil.

BENVENISTE,'Émile (1995). *Problemas de lingüística geral.* Campinas: Pontes.

CHARAUDEAU, Patrick (1996). "Para uma nova análise do discurso". *O discurso da mídia,* Agostinho D. Carneiro (org.). Rio de Janeiro: Oficina do Autor.

CHEVALIER, Jean e GHEERBRANT, Alain (1998). *Dicionário de símbolos.* Rio de Janeiro: José Olímpio.

DE LA TAILLE, Ives (1995). *Computador e ensino: uma aplicação à língua portuguesa.* São Paulo: Ática.

DERTOUZOS, Michael (1998). *O que será. Como o mundo da informação transformará as nossas vidas.* São Paulo: Companhia das Letras.

GREIMAS, Algirdas J. e COURTÉS, Joseph (1983). *Dicionário de semiótica.* São Paulo: Cultrix.

LÉVY, Pierre. (1995). *As tecnologias da inteligência: o futuro do pensamento na era da informática.* Rio de Janeiro: Editora 34.

PAPERT, Seymour (1994). *A máquina das crianças: repensando a escola na era da informática.* Porto Alegre: Artes Médicas.

110

Este livro terminou
de ser impresso no dia
25 de setembro de 2001
nas oficinas da
Prol Editora Gráfica Ltda.,
em Diadema, São Paulo.